書本也參戰

茉莉・戈波提爾・曼寧——著
陳品秀——譯

WHEN BOOKS WENT TO WAR

MOLLY GUPTILL MANNING

目錄

據統計有超過一億冊的書籍消失在戰爭期間；其中除了遭焚毀的外，還包括因空襲和爆炸毀壞的書籍。然而經戰時書籍委員會的努力，有超過一億兩千三百萬冊的戰士版書被印製出來；再加上勝利募書運動也募集了一千八百萬冊圖書。發送給美國武裝軍人的書比希特勒銷毀的還多。

Revolution 06

書本也參戰

When Books Went to War: The Stories that Helped Us Win World War II

作者—茱莉・戈波提爾・曼寧（Molly Guptill Manning）
譯者—陳品秀
主編—林芳如
編輯—謝翠鈺
行銷企劃—林倩聿
封面設計—高偉哲
董事長
總經理—趙政岷
出版者—時報文化出版企業股份有限公司
10803台北市和平西路三段二四〇號七樓
發行專線—（〇二）二三〇六—六八四二
讀者服務專線—〇八〇〇—二三一—七〇五
（〇二）二三〇四—七一〇三
讀者服務傳真—（〇二）二三〇四—六八五八
郵撥—一九三四四七二四 時報文化出版公司
信箱—台北郵政七九～九九信箱
時報悅讀網—www.readingtimes.com.tw
法律顧問—理律法律事務所 陳長文律師、李念祖律師
印刷—盈昌印刷有限公司
初版一刷—二〇一五年五月十五日
定價—新台幣三二〇元
⊙行政院新聞局局版北市業字第八〇號

國家圖書館出版品預行編目 (CIP) 資料

書本也參戰 / 茱莉 . 戈波提爾 . 曼寧 (Molly Guptill manning) 作
; 陳品秀譯 . -- 初版 . -- 臺北市 : 時報文化 , 2015.05
面 ; 公分 . -- (Revolution; 6)
譯自 : When books went to war : the stories that helped us win World War II
ISBN 978-957-13-6237-3(平裝)

1. 文學與戰爭

810.75 104004202

ISBN 978-957-13-6237-3
Printed in Taiwan

導言

大衛・克利夫頓（Davis Clifton）在寫給貝蒂・史密斯（Betty Smith）的信中說道：「妳是否曾對某件事感到激動，非得找人分享、非得坐下來將它寫下不可？」並表示：「這正是我現在的心情寫照。」

「如妳所知，我只是一名二十歲的海軍陸戰隊隊員，但我卻覺得自己像四十歲。我經歷了兩年如地獄般的海外征戰生活……我希望妳能了解，儘管我還算年輕，也經歷過了一些苦難。」

克利夫頓寫這封信的時候，正是他瘧疾纏身在醫院接受治療終日臥床休養之時。然而他卻表示是這場瘧疾救了他的命。因為在療養期間他拿到了一本戰士版書（Armed Services Editions）《布魯克林有棵樹》（*A Tree Grows in Brooklyn*）。「我已經讀完兩遍了，現在正在看第三遍，而且越看感觸越深。」

「自從我第一次抬著擔架，艱困地穿過深及膝的爛泥……眼看著躺在上面的弟兄他的生命正隨著寶貴的血液從擔架上滴落而漸漸消逝，我卻感到無能為力，便對這個世界感到難過、充滿懷疑，並深深以為自己再也不能愛任何人及任何事了。」他懷著「一顆枯死的心……和灰暗的思想」在作戰，相信自己已失去了感覺。

直到他讀了《布魯克林有棵樹》後，才重新覺得有某種東西在他的內心開始翻攪。「說不出來究竟產生了何種內心反應，只知道我的確翻轉了過來、重現了生機。全身上下洋溢著一股自信，並且認為像我這樣的人在這世界上應該還有一搏的機會吧！謝謝妳的書帶給我的所有一切，我心中的感激與喜悅之情實非言語所能形容。」書帶來了歡笑也帶來了淚水。儘管對一個驍勇善戰的陸戰隊隊員來說，你很難想像他會因為一小段故事而淚流滿面的軟弱模樣。「我一點都不以為恥。」克利夫頓說。因為他的淚水證明了自己畢竟還是個活生生的人。

「今夜我將徹夜難眠！」克利夫頓最後寫道，「除非我能向那位讓我的心再次躍動的人一吐心聲。」

❋

美國的二次世界大戰部隊主要是由平民軍人——一群直到珍珠港攻擊事件發生後才知道戰爭是怎麼一回事的平民百姓所組成的。許多人志願入伍，再加上一些徵召者，這群毫無準備且無所知的人，發現到自己得面臨令人喪志且設備簡陋的快速訓練、長達數日甚而數週的運送過程，以及無聊和恐懼；除了驚恐外，他們更經歷了在訓練過程中預習了無法想像的暴力和摧毀場面，也因此造成許多士兵不得不在分散於世界各地的醫院療養。死亡的陰影始終揮之不去。「早上才一起用餐，到了晚餐時卻說他已經葬了」的場景，一點都不令人意外。

戰爭為參戰者帶來身體和心靈上的莫大傷害。拿步兵來說，他們得涉過一望無際的泥地，於槍林彈雨中往前推進，自如地安睡在積滿雨水的傘兵坑裡——硬是把遠方呼嘯而過的迫擊炮聲，亦或身邊蜂擁的昆蟲鳴叫聲當作催眠曲。他們總是看起來髒髒濕濕、滿身泥濘，不安且精疲力盡。他們不但在炙熱與酷寒中前進作戰，還面臨著如瘧疾、傷寒等各類傳染疾病的威脅，並得躲避敵人的炮火攻擊。也因此他們戲稱自己是「天殺的步兵」。

B-17空中堡壘轟炸機、B-24解放者轟炸機、B-25轟炸機、B-26劫掠者轟炸機和B-29超級堡壘轟炸機的駕駛及機員，他們面對的是一些別的風險：在例行飛行中被高射炮射穿機身、捲入一場突然又危險的空中戰鬥，眼睜睜地看著機組人員在飛行途中受傷或死亡。由於飛機欠缺暖氣，長途飛行時他們的四肢會因為長時間忍受零下的低溫而麻木刺痛。他們也會面對為著某人平安歸來感到鬆一口氣，卻又同時得知其他成員未能飛完全程而陷入悲傷。至於緊急降落、飛到沒有油或直接墜機，更是時有所聞。B-24和B-26之所以贏得「飛行棺材」、「寡婦製造機」的綽號，不是沒有原因的。

海軍也有海軍自己的問題。在度過短則數日長則達數週看不見陸地、經常無所事事的船上生活後，可怕的孤立感已從最初航行從光鮮船艦看世界的悸動中冷卻。他們深刻體驗到了什麼才是真正的「孤獨感」與「無聊感」。航行中還得提防不時出現的潛行潛水艇；只要撇見一架敵機的欺近或聽見它悶塞的引擎聲，就連最勇敢的水手也都會繃緊神經。公海裡並沒有偽裝巡洋艦或驅逐艦的護航，當「音樂」響起，他們就如同遊樂射擊場中的靶鴨。

煎熬的日子、令人窒息的壓力、「在家真好」的念頭時而一閃而過。任何能讓人暫時忘卻戰爭可怕的事物，都益發顯得珍貴。士兵們珍惜家鄉紀念品，家書更是至寶。紙牌遊戲、益智遊戲、音樂和偶爾的運動比賽，打發了等待軍事行動和睡前的空檔時間。然而信件常延誤得令人感到沮喪——有的時候需四到五個月才能寄達——而遊戲或運動所需的人數和精力，在歷經一整天的訓練或作戰後，不是人數不足就是玩起來力不從心。為了避免士氣低落，必須有個隨時隨地皆可從事的娛樂來減輕戰場中的精神壓力與負擔。

所謂的戰士版書（Armed Services Editions）——例如深深感動克利夫頓的

《布魯克林有棵樹》，就是一種可攜帶、容易親近且普及化的平裝書（Paperback Book）——就是絕佳的例子。它們隨處可見：士兵們排隊等吃飯或剪髮時可閱讀，或在被困的傘兵坑中或執行例行性飛行勤務時也可以讀。它們是如此無所不在地且受眾人歡迎。因此有水兵開玩笑說士兵「屁股口袋若沒有塞本書的話……應視同服裝不整！」它們可說是適用於前線的最可靠消遣。每當某個士兵想要暫時逃避、解除焦慮、打發無聊，或者想笑、需要激勵、有所期待時，他只需翻開書本，嚼一段文字，就可以遁入另一個國度。而每個士兵和水兵都得嚴格遵守須不時互換這些書本的規定，無論它們有多麼破舊。儘管有的字跡已經髒污，有的書頁已經破損甚至脫落，這些書還是得照樣地傳遞、循環下去。某個水兵說得好：「把一本書丟進垃圾桶就好像打了你的祖母，是會遭天譴的。」

書本不僅可供消遣娛樂之用，書本也是對付希特勒「思想戰」的利器。除了人身自由和領土之外，納粹德國還意圖控制人的思想。從一九三三年在德國境內由國家主導的焚書運動開始，直至後來遍及全歐每個被希特勒所征服的國家圖書館的肅清，「非德文」閱讀工具面臨了即將滅絕的命運。它們遭到破壞的程度可說是怵目驚心。經統計，到第二次世界大戰歐戰勝利紀念日（V-E DAy）為止，德國在歐洲共摧毀了超過一億冊的書籍。

但迄今許多關於戰士版書籍的故事仍不為人知。它是一項浩大的工程，政府共提供了超過一億四千萬冊的免費書籍，以確保美國戰士能做好精神準備，並決心帶著它們一起共度每一場戰役。

這些口袋裡裝著書的美國大兵，衝鋒陷陣於諾曼第海灘，長途跋涉至萊茵河，並解放了整個歐洲；他們從一座太平洋荒島跳到另一座，從澳大利亞的海邊直入日本的後院。有的人閱讀這些書是為了緬懷被他們拋在腦後的家鄉；有的人則是想藉此忘卻如地獄般的周遭環境。書本提振了他們疲憊的精神，並鼓舞了他們的心靈。就如同大衛・克利夫頓寫給貝蒂・史密斯的信上所顯示的，書本能夠撫慰一顆傷痛的心，重新燃起對未來的希望；並在你無處可逃之時，提供一個可棲身之所。對許多美國士兵來說，書本就是他們戰時最重要的裝備。

戰後，由於全新平裝書的大量發行——再加上美國隊伍軍人權利法案（the G.I. Bill）的通過——不僅創造出一個嶄新的文化中產階級，也將閱讀習慣散播給為數眾多且極具民主精神的普羅大眾。這個戰時的書本計畫使得《大亨小傳》（*The Great Gatsby*）成為一部經典小說；促成了數十位作者與數千名士兵之間的筆友關係；更觸動了數百萬男女士兵的心靈。

這是一個筆桿威力不輸刀劍的故事。

第一章

浴火鳳凰

CHAPTER 01

A PHOENIX WILL RISE

「燃燒自己照亮別人。」

——維克多・弗蘭克爾（Viktor E.Frankl）

西元一九三三年的三月十日，儘管濛濛細雨籠罩著柏林，卻澆不熄當日大遊行所散發出的歡笑氣氛。成千上萬的學生驕傲地穿戴著他們大學的代表色服裝，手持燃燒的火炬，走過霧茫茫的大街往倍倍爾廣場（Bebelplatz），這個位在腓特烈威廉大學（the Friedrich Wilhelm University）與柏林國家歌劇院（the Opera House）間的柏林主要廣場前進。有四萬名群眾聚集在廣場上，一心想要目睹這即將上演的一幕。另外還有四萬名群眾，集結在遊行路線的沿途上。在倍倍爾廣場的中央，一個長十二英尺、高五英尺，縱橫交錯堆築而成的巨型木頭堆正等待著遊行隊伍的到來。當第一批抵達的狂歡者將手中的火炬投擲在這座獨特的木頭結構上時，藍色的火焰頓時直衝天際。多撼動人心的景象啊！不久，整座木頭架立即陷入一片熊熊火海之中。

在此同時，一車隊蜿蜒地停靠在倍倍爾廣場的外圍，學生們井然有序地在汽車與劈啪作響的火焰間排成一直線。而群眾眼看著一個學生從第一部車中抓起一本書，然後沿著人牆人手一書地傳遞下去，直到交至最靠近火堆的學生手中，最後將書本往火堆裡扔。群眾於是爆出一片歡呼聲。一本本的書籍迅速地直往火堆裡送。有些學生乾脆直接從車上抱起一疊書，迅速地穿梭在汽車和大火之間，一次就幫火堆添加了不少的柴火。

因帶頭的學生將做簡短說明，於是銷毀行動便暫時中斷。為了確保德國文學的純正，領頭學生宣稱，必須燒毀所有可能破壞納粹全國統一運動的非德文書籍與資料。其中包括了猶太作者的著作，因為「猶太人智強心弱……他們不尊重且無視德國思想的存在，極易傷及德國精神。」他們認為當這些不當思想的書籍被銷毀殆盡，阻礙國家進步的思想消失後，國家從此就會更加強盛。當焚書行動重新開始時，另一位學生則當眾宣告銷毀書籍的作者姓名，並說明為何他們的想法會危及德國。他們指控西格蒙德．佛洛伊德（Sigmund Freud）篡改德國歷史，貶低他的偉大形象；批判埃米爾．路德維希（Emil Ludwig）「嚴重背叛德國和文學流氓的行徑」。譴責埃里希．瑪利亞．雷馬克（Erich Maria Remarque）詆毀了德國語言和國家信念。作者一個接一個地被唱名，書籍也一本接一本地遭燒毀，觀眾歡聲連連，彷如在觀賞一場體育盛會，就這樣持續了數個小時，直到夜幕低垂。

雖一度傳聞此次焚書行動是單純地由某個熱心的學生組織所策劃，但只要看到國民教育與宣傳部部長保羅．約瑟夫．戈培爾博士（Dr. Paul Joseph Goebbels）的蒞臨及演說，你終能明白它的背後是由納粹黨所支持的。戈培爾主掌帝國文化院（the Reich Chamber of Culture），負責管理德國的文學、報刊、廣播、劇院、音樂、藝術和電影七大文化項目，戈培爾運用他的影響力來塑造一個符合希特勒意識型態的德國社會。他謹防懷有政治革新意圖的作者，尤其是那些倡導和平主義、社會主義、改革和性自由議題者。只要稍稍提及這些議題的書籍皆被予以譴責並燒毀。

戈培爾登上掛有納粹萬字布垂的講台，他大聲宣稱「猶太主智論（Jewish intellectualism）已死，」並稱「國家社會主義已被劃除。」他指著面前的景象繼續說道：

> 德國民族精神終於得以再現。這把火不僅讓我們看清楚舊時代的窮途末路，也同時照亮了新時代的光明前途。我們的年輕朋友從來不曾擁有過如此美好的機會，能好好地清除過去的殘渣。如果老一代的人還不能理解這是怎麼一回事，那就讓他們看清楚，我們年輕……朋友的所作所為吧！
>
> 當舊的付之一炬之際，新的將在吾心火中鍛鍊成型。

戈培爾一演講完畢，〈全民武裝〉（*The Nation to Arms*）的歌聲隨即響徹夜空，學生們再次將書本投入如山的火堆中。

為了確保柏林焚書行動能招來廣大的群眾，現場還做了實況廣播並拍攝成影片。全德國的戲院很快地播出這段有關柏林營火的影片，並評論說，這些有害書籍會侵蝕德國的價值，必須予以銷毀。這個消息一傳開，又引發了另外九十三場的焚書行動，每場都吸引大

一九三三年三月，包括柏林在內的全德國各大城市焚燬了成千上萬冊的書籍。直到二次世界大戰結束，納粹在歐洲總共銷毀逾億冊的書籍。（圖片來源：Mary Evans Picture Library / Suddeutsche Zeitung Photo.）

批觀眾和媒體的報導。基爾大學（Kiel University）學生收集了兩千冊他們認為會危害德國精神的文學書籍，堆出一個巨大的營火堆，並邀請大眾前來觀賞這些書籍的焚燒場面。慕尼黑的學生則是在公開燃燒一百套從圖書館聚集而來的大部頭書籍之前，先舉行一場別開生面的火炬遊行。慕尼黑的另一處集合了五千名小學生燃燒馬克斯主義文學書籍，並激勵他們說：「當你們在觀賞焚燒這些非德國書籍的火焰時，也讓這把火同時燃起你們心中對祖國的愛。」在布雷斯勞（Breslau），五千鎊重的異端著作於一天之內全數被燒毀。

在焚書事件遍及全德國之後，納粹便將目標對準那些收藏有非德國信仰和支持反納粹資料和書籍的個人身上。疑似懷有危害德國思想的人會遭住家搜索。而倘若搜到任何異議文書，冒犯者也將被懲處，有些人因而就此行蹤不明。全國風聲鶴唳，許多人先發制人地銷毀可能有問題的資料和書籍。根據一份報導顯示，如果某位婦女接獲一份要她確實把家「清理乾淨」的通知時，那便是意味著要她「馬上燒毀（她的）書籍和資料以待隔日的搜查」。納粹也公布了一份應該被燒毀的書單。名列其中的作者有卡爾．馬克思（Karl Marx）、厄普頓．辛克萊（Upton Sinclair）、傑克．倫敦（Jack London）、亨利希．曼（Heinrich Mann）、海倫．凱勒（Helen Keller）、阿爾伯特．愛因斯坦（Albert Einstein）、湯瑪斯．曼（Thomas Mann）和亞瑟．史尼茲勒（Arthur

Schnitzler）。

海倫．凱勒向德國學生團體發表了一封慷慨激昂的信，表達她的震驚，她無法相信印刷機的發源地竟成了此發明產物的墓地。「如果你們以為你們能夠殺死思想，歷史簡直是白教你們了。」她斥責道。「以前的暴君也曾多次嘗試這麼做，但思想終將凌駕他們的權力並消滅他們。」「你們盡可以燒毀我與其他歐洲頂尖人物的著作，但書中的思想已透過成千上萬的管道滲出，之後也將會繼續激發他人的心靈。」她說。

其他人也紛紛加入譴責德國年輕人的行列。諾貝爾獎得主辛克萊．路易斯（Sinclair Lewis）譴責焚書行為，認為所燒毀的著作中有一些是「德國近二十年來所出版極為高貴的書籍。」他還說，那些著作被丟入火中的作者「除了心領了這來自組織性暴徒無心的致意之外，應該別無感覺。」在倫敦，赫伯特．喬治．威爾斯（H. G. Wells）則忍無可忍地舉辦了一場極具挑釁的演講，和凱勒的態度相呼應。焚書行動「從不曾毀滅過一本書，」威爾斯說，一旦「書被印了出來，就具有超越一般人類的生命力，它們會不當一回事地繼續說下去。」他接著說道：「對我而言，德國只是發生了一場反思想、反理智和反書本的蠢人革命。」

不過他也承認在英國的自己並不見得有多安全，因為他深信只要身為作者、只要作品被嗅出一絲危險的內容，總有一天都會被送進集中營；而令他感到安心的，就只是一個簡單的信念。他說，「長期看來，書本一定會贏，蠢人終將臣服；最後，理智的判斷將與這些暴徒的喧鬧式個人英雄主義算總帳。」於此同時，威爾斯還想幫所有被摧毀的書籍找到一個安置之所。在其他作者的合作協助下，威爾斯創立了「被焚書籍圖書館」，這所圖書館於西元一九三四年，亦即焚書發生的隔年在巴黎正式開幕。該館收藏了所有被納粹禁止和焚毀的書籍，同時納入了德國流亡者以及自認著作可能面臨危險所捐贈或妥善保管的文章和書籍。

在美國，社論撰寫人也紛紛加入抗議的行列。某報載：「似乎諷刺地，一向被德國引以為傲的大學竟成了恥辱。」《紐約時報》（*New York Times*）則認為德國的行動是一場「文學大屠殺」，並評論：「像這樣的國家新精神展現，實在又笨又可恥，只證明了群眾運動是不理智的。」《時代》（*Time*）雜誌不僅稱此事件為一種「圖書大屠殺」（bibliocaust），還鉅細靡遺地加以報導，包括當書籍被扔進羅馬廣場（Römerberg，中世紀以來法蘭克福最重要的城市廣場）的火堆時，樂隊是如何賣力奏著蕭邦的〈送葬進行曲〉（*Funeral March*）等等。許多美國人齊起抗議——紐約有八萬、芝加哥有五萬、費城有兩萬人參與。

❋

一個以出產哲學和思想家聞名教育程度高的國家，怎麼會容忍這樣的圖書館肅清行動並銷毀其中的書籍呢？這絕非偶發個案，這是一樁由阿道夫．希特勒在背後祕密策動且精心策畫的計畫，為的是要操控德國的文化，以符合他的政策和信條。希特勒在掌權後馬上制訂了確保人民能服膺新秩序的法律。《我的奮鬥》（*Mein Kampf*，希特勒自傳）一書於西元一九三五年成為國家法定讀物，不僅每對結婚夫妻都獲贈一冊，更成為德國中小學的指定教科書。

希特勒為了讓文化機構能為其所用，他對改造德國文化機構著力之深，遠勝於對書本的介入。希特勒極力製造出只有純種德國人在文化和藝術上的偉大貢獻，才夠資格擺在博物館展示的印象。他訂定了一個節日——德國藝術節。身為這個節慶的主持人，希特勒不僅負責評選參展作品，並將前幾名的獎項頒給他認為意識型態正確的藝術品。他會親自指示每件作品在美術館的擺放位置，並幫它們定價。那些能印證他德國願景的作品將會被永久展出，相對地標價也高。博物館也同樣遭到希特勒和戈培爾的淨化整肅，猶太人或被認定劣於純種德國人的其他人種所創作的作品，是禁止被展覽的。他們僅展出一些宣揚雅利安種族成就的作品，透過這種做法，希特勒希望給世人一種印象，那就是只有雅利安種族能夠帶給德國榮耀。

希特勒還改造了教育，以彰顯他的意識型態。在柏林進行焚書的同一天，德國內政部長威廉・弗利克（Dr. Wilhelm Frick）也對著德國各邦的教育廳長發表演說，大談教育制度的改革。他規定學生必須學習「一切與祖國和德國歷史有關的事物——特別要強調近二十年來所發生的一切」，以及「種族科學、遺傳學和基因學」。弗利克更針對後者加以說明：中小學學校必須「不時地強調提醒，不能讓德國人的血統混到了外來的血脈，尤其是猶太人和黑人的血脈更應該絕對避免。」有關課程方面則指示「種族生物學必須闡明不同種族之間在心理和精神上的差異，並且讓小學生能深切了解種族惡化的種種危害。」根據弗利克的指導原則，孩童必須知道純正血統的德國人是最優秀的人種，而猶太和左傾教師將遭解雇。有些學校甚至因此空出高達百分之三十三的職缺。

希特勒甚至利用廣播和影片，無遠弗屆地散播他的思想。電台廣播被認為是一種能夠使大眾服從希特勒指令的有效宣傳利器。戈培爾甚至設法讓價格不便宜的收音機普及到一般大眾，讓每個德國家庭都能夠接收到希特勒所要傳達的訊息。至於德國的電影工作室則被迫製作一些含有政令宣導的娛樂影片，希特勒和戈培爾還親自參與監製，審視他們的德國願景能在大銀幕上適切地被反映出來。戈培爾的權力很大，包括劇本的同意權、非德國影片的製作否決權，以及電影能否上映的決定權全都一手掌控。每當觀眾批評德國戲院上映帶有宣傳意味的影片極其無聊時，戈培爾就會怪罪影評，是他們不當灌輸大眾這種想法的，於是影評在西元一九三六年被明令禁止。

納粹於西元一九三八年禁了十八種類型的書籍，總共有四千一百七十五本，涵蓋了五百六十五名作者，其中大部分是猶太人。儘管如此，卻仍有一些猶太作者的著作令納粹感到十分挫折地仍被留在了書架上。德國報紙於是公開了憤怒的檢舉信，讓大眾知曉還有哪些機構縱容這些猶太作家繼續危害社會。德國圖書館業者因此被迫仔細過濾藏書，以確保書架上再也沒有任何一本不利於希特勒政策的書籍。

納粹也於同年將整肅重心由書籍轉移到個人身上。一九三八年十月十八日，希特勒將超過一萬兩千名的波蘭猶太人逐出德國，卻僅允許其中的四千名進入波蘭，其餘數千名則滯留在德波邊界。一九三八年十一月七日，一位在法國的猶太青年赫舍·葛林斯班（Herschel Grynszpan）在得知他的家人於德波邊界流離失所時，氣急敗壞地衝進位在巴黎的德國大使館，槍殺了德國外交官恩斯特·馮·拉司（Ernst vom Rath）。

這起謀殺在德國引發了一股反猶太的恐怖浪潮。到了十一月十日當謀殺的消息傳開之後，便在柏林爆發了極暴力的反猶太示威。成群結隊的年輕人湧上了街頭，以鐵棍或武器砸爛店鋪的窗戶。店裡的物品被洗劫一空，商品則被丟到街上，這些掠奪者猶如從天而降的禿鷹。根據《紐約時報》的報導，有好幾批貌似納粹黨行政人員或黨員的德國年輕人所組成的隊伍，當著一些在旁嘻笑看熱鬧者的面，肆意破壞猶太人的店鋪。一整天下來，總計至少有九十一個猶太人遭殺害，猶太人在柏林的店鋪幾乎被破壞殆盡。十一所猶太教堂被燒毀，無數的教堂藏書和希伯來聖經卷軸被破壞，更有上千名猶太人被捕入獄，送往集中營或被迫自殺。西元一九三八年十月十日這一天，就是後來我們所稱的「碎玻璃之夜」（the Night of the Broken Glass）或「水晶之夜」（Kristallnacht）。

當外國媒體要求公開真相和詳情時，戈培爾便大辣辣地站出來澄清。根據《紐約時報》的報導，他「公開讚許這波橫掃全德的恐怖、摧毀和放火行動」；甚而承諾「為了全面解決猶太人的問題，我們將更進一步制訂一套反猶太人的法律來規範德國猶太人的社經地位，以撫平大眾的反猶太人情緒」，「這是德國人民對巴黎發生的膽小謀殺行徑的正常反應」。戈培爾意有所指地說：「國家只是依著它的一些健全本能走。」他承認自己和那些暴徒站在同一陣線，並以「如果在海外發表任何謊言或誇大言論必會殃及德國的猶太人」作為威脅，要那些外國批評者閉嘴。戈培爾則對德國的猶太人嗆道：「如果我是猶太人……我一定會保持沉默。猶太人只可以做一件事——閉嘴，不要再對德國指三道四。」

整起事件在德國境內並沒有引起太大的騷動。希特勒於一九二〇年代和一九三〇年代初期所推行的一些政策，已經幫此類的公然迫害打好了預防針。歷經數年不斷貶低猶太人對德國社會與文化的貢獻之後，納粹營造出一種允許以暴力對待猶太人的氛圍。

儘管如此，美國人認為這種赤裸裸的反猶太行徑實在過於驚悚。每份報紙都湧進一堆深表關切和難以置信的讀者投書。例如，來自明尼蘇達聖保羅市（St. Paul,Minnesoda）的某位人士寫道：「這次恐怖行動所爆發的規模和嚴重性實在令人難以置信！」還說：「一個小小官員被射殺並不能合理化這種集體的報復行為。因一位神經緊張的年輕人所犯下的罪過而對整個族群展開暴力性的報復，無疑是回到了野蠻時期。」一名舊金山人寫給當地的《記事報》（*Chronicle*），他驚訝地說道：「一個瘋子的痴狂影響了整個原本住有一群智慧、感性和本質善良人民的國家。」波士頓《先鋒論壇報》（*Herald Tribune*）的某位作家評論：「現代文明最高貴的特點，亦即對人類生命的尊重，突然在德國消失了。」這位波士頓人特別提及：「雖然這次的事件純屬德國的內政問題……但有些做法實在有違人性，不僅開了文明的倒車，而且貶低了人類的精神，如果沒有人站出來表示抗議的話，他們會以為他們麼做是正確的呢。」

✵

德國在西元一九三九年九月一日對波蘭宣戰。英國和法國依據條約不得不同時對德國宣戰。正當德國軍隊開進波蘭的同時，德國也對英國做了初步的入侵，但使用的不是坦克、大炮而是文字。希特勒利用外國媒體來弱化他的一些敵人。德國之所以能迅速取得勝利，靠的就是希特勒的前哨心理戰。

法國和英國都知道，緊接在波蘭之後它們必會遭到攻擊，因而有所準備。但法國卻因為和德國有著一段不算短的領土交界，顯得較難防守。可是希特勒卻捨軍隊直接做地面的攻擊，先以空中廣播頻道開啟了對法國的戰役。德國雇用了一些法國在地的廣播員，以娛樂性的廣播節目和流行音樂來吸引聽眾的收聽，在節目巧妙置入的宣傳下就這麼不知不覺地進入了許多聽眾的耳裡。同時廣播評論員也會在言語之間透露德國的優勢軍力和強大軍隊，並預測法國將難以抵擋他們的攻擊。希特勒透過節目暗植在法國人心中的這種疑慮，很快地便散播開來。當時的《芝加哥論壇報》（*Chicago Tribune*）駐法國記者艾德蒙．泰勒（Edmond Taylor）見證了希特勒巧妙設計的宣傳攻勢，也目睹了因此而瓦解的法國決心。他說這是一種「恐怖戰術」。他也報導，德國花費大筆的經費在宣傳戰上，甚而賄賂法國報紙發布有關德國的優勢不是傳聞而是確有其事的一些報導。

根據泰勒的報導，德國的心理戰把可怕的感覺深植入「法國的精神之中，它就如同可怕的癌細胞一樣，蔓延了開來，一種莫名且非理性的驚恐吞噬了其他的情感能量。」這使得法國幾乎信心全失，僅僅是普通的空襲警報系統測試也能造成人民的恐慌；真正的入侵行動尚未降臨之前，人們就深感法國必敗無疑。雖然法國政府做了遲來的努力，以誓死捍衛自由為口號發動了一次意識型態的反攻，然而它的效果就好像要人民開傘來抵擋颱風的襲擊般無力。當入侵真正到來時，法國果然如紙糊的房子般不堪一擊。希特勒以同樣的手法——入侵之前先摧毀敵人的決心，先後擊敗了波蘭、芬蘭、丹麥、挪威、比利時、荷蘭和盧森堡，再加上法國，全都花不到一年的時間。超過兩億三千萬一度享有自由的歐洲人，很快地全數落入了納粹的統治範圍。

直到法國終不敵它的命運而向德國投降時，人們才明白希特勒有多麼急於想要洗刷德軍在第一次世界大戰所受到的羞辱。法國的戰敗提供德國展現軍力，並向其他將被侵略的國家下馬威的機會。

德國在西元一九四〇年六月十七日和殘存的法國政府簽署了一項停火協議。希特勒使盡各種戲劇性的手段來慶祝這次的簽約，他堅持要重建德國第一次世界大戰的戰敗場景，必須在法國貢比涅（compiegne）森林中所放置的費迪南．福煦元帥（Marshal

Ferdinand Foch）個人專屬火車車廂上簽約。儘管福煦的車廂已擺在法國博物館多年，希特勒卻命令將它搬至在一九一八年十一月九日的確切位置上。顯而易見地，這次輪到法國受到羞辱，希特勒並親自遞交投降書給法國的官員。停戰協議一簽訂完成，希特勒馬上下令將車廂連同獻給法國的第一次世界大戰戰勝紀念碑，一併運回柏林的博物館內展示，以慶祝德國戰勝它在萊茵河對岸的宿敵。

為了要鞏固和加強希特勒的統治權力，凡落入德國手中的國家，其有關藝術、文化、歷史、文學、媒體和娛樂等概念都會被加以修正。而圖書館往往首當其衝。希特勒創設了羅森伯格特搜隊（Einsatzstab Reichsleiter Rosenberg, ERR），專門用來沒收占領區的可取用書籍和工藝品，為戰後要創辦一所納粹大學做準備；至於那些沒有價值的書籍則予以銷毀。ERR在東歐總共燒毀了三百七十五間檔案室、四百零二間博物館、五百三十一間教育機構和九百五十七間圖書館。據統計，納粹還銷毀了捷克斯洛伐克和波蘭的半數書籍，以及俄羅斯五千五百萬冊的圖書。被占領國家中能夠繼續營業的一些圖書館，基本上只服務納粹議題。

波蘭的圖書館就依德國版的國家社會主義路線重整過，所有他們認為不具價值的東西均被移除，並增添了經納粹認證過的文學藏書。荷蘭戰敗後，為了要加深大眾對德國各項成就的印象，圖書館便開始陳列德國近代著作。至於戰敗的法國，德國的首要任務便是頒布所謂的《伯恩哈德名單》（*Liste Bernhard*），明訂出一百四十本禁書；另一份較完整的禁書名單則在一九四〇年九月公布，總數達一千四百本。許多在巴黎的圖書館直接遭到關閉，不過納粹占領者仍嘲諷地保留了赫伯特．喬治．威爾斯紀念圖書館（H. G. Wells' Library），內藏那些被燒毀的書。據該圖書館祕書長艾爾弗雷德．康托洛維奇博士（Dr. Alfred Kantorwicz）的說法，德國人對其「嚴加看管」，雖然「外國人士不太可能使用到這些書籍。」它們只是拿來當備案。由於大家都知道希特勒對圖書特別關愛，所以西歐圖書館員和館長都事先採取了一些防範措施，把他們最具價值的書籍移至山洞或城堡內，希望這些珍藏能躲過劫難並好好地予以保存下來。

在美國報紙持續報導希特勒的文化攻擊同時，這場戰爭逐漸形成一場雙前線或二維的戰爭。一名記者解釋道：「亦即在同一時間內有兩波的衝突發生，縱線衝突為國與國之間的直接戰役，橫線衝突則是屬於意識型態，政治、社會和經濟上的戰役。」有些人則以發生在沙場和圖書館的戰役來區分，認為這是一場身體與心理的二維戰爭。無論這二維的界定為何，大家的共識是它不單只是發生在沙場上的戰爭，連同國家擁護的中心思想也遭受攻擊。希特勒不僅要殲滅軍隊，還要摧毀民主與自由思想，這是屬於「全面戰」的一種新型態戰鬥模式。

美國人雖可因為與德軍的實際距離夠遠而暫時安下心來，但很快地他們便發現希特勒的想法實是無遠弗屆。就像它的入侵法國，先是電台廣播再派遣軍隊，早在美國做出任何有關戰爭的決定之前，德國便已藉助電台廣播觸及美國人心。一九三〇、四〇年代的收音機通常可用短波頻道收聽國際廣播。德國（透過日本的協助）一天有十八個小時播放範圍涵蓋北美的廣播節目，對美的思想戰就此展開。如果弱化美國的成效和法國一樣好，那麼美國將很有可能會在幾無招架之力的情況下被德國打敗。

為了迎合美國人收聽的喜好，德國官方找來美國僑民作為宣傳電台的音樂節目主持人，以他們的腔調來掩蓋他們的忠誠。為了獲得只配給德國公民的配給票券，以及在日益動盪不安的德國尋求保護，一些美國人加入了帝國電台（Reichradio）。愛荷華州出生的弗雷德里克・威廉・卡頓巴赫（Frederick William Kaltenbach）和伊利諾州出生的愛德華・李歐・德萊尼（Edward Leo Delaney）就是第一批電台節目主持人中的兩位。帝國電台後來還捧紅了聲名狼藉的米爾德麗德・吉拉爾斯（Mildred Gillars），她以「軸心國的莎莉」（Axis Sally）聞名，幫電台播送了一些極有效的宣傳攻擊。

總之，宣傳戰的成效有限。美國媒體早揭穿了這些德國電台節目的真面目。《紐約時報》報導認為，德國的廣播都經過精心安排，仿照典型美國電台節目播出的型態；它們讀報紙、播音樂並演出幽默短劇。但卻不包括國內電台會出現的促銷肥皂和早餐麥片的廣告，《紐約時報》警告說，德國所販賣的是一種觀點。

一些美國人在報導之餘，還會討論該如何反擊。法國之所以如此迅速就兵敗如山倒，證明了德國的廣播宣傳戰有多麼的成功。至於最在乎此議題的處理者就屬美國圖書館協會（American Library Association, ALA）。圖書館業者認為他們有責任阻擾希特勒的對美思想戰。他們可不打算肅清他們的書架，亦或觀賞他們的書報被焚燒，可是也不能光坐著等待德國叫戰。就如西元一九四一年一月發行的美國圖書館協會《通報》（*Bulletin*）所言，希特勒的目的是「摧毀他國的思想……即便那些未參與軍事戰鬥的國家也難倖免。」

一九四〇年年末到一九四一年年初，圖書館業者都在爭論該如何保護美國人心，以對抗德國一波波的無形思想攻擊。發生在歐洲的「燒書浩劫」已造成圖書極大的傷害。美國圖書館業者總結說道，書籍本身就是最佳的武器和盔甲。只要美國人多閱讀，就能稀釋德國廣播宣傳的效果，並與其焚書行徑形成極大的反差。在希特勒試圖以燒毀書面文字來強化他的法西斯主義的同時，圖書館業者呼籲美國人要多閱讀。如同一位圖書館業者所說：倘若希特勒的《我的奮鬥》能「喚起數百萬人為了偏執、壓迫和仇恨而戰，難道就找不出幾本書來喚醒另外數百萬人去對抗他們嗎？」

當戈培爾在一九三三年五月十日夜晚的柏林演講中聲稱，在面前還在悶燒的焚書灰燼中將會「勝利地升起代表新精神的鳳凰」之際，他在書籍餘燼中幻化出了德國國家主義、法西斯主義和納粹主義。

就在戈培爾惡名昭彰的柏林焚書演講過後十年，從那堆灰燼中升起了一種對自由民主的再奉獻。那些已遭火吻的珍貴殘骸，令人生出了一股願捨身散播包括已被毀壞書籍所闡述的各種思想的奉獻精神。感謝美國圖書館業者、圖書館、百貨公司、學校和電影院裡旋即堆起了半天高的書籍——不是拿來燒的，而是要捐給美國軍人。原本敵對的一些出版公司也共用起彼此的資源和專業技術，為美軍印製了數千萬本涵蓋各種題材和表達各種觀點的書籍。從灰燼中，書將升起並且繁盛下去。

第二章

總值八十五美元的衣物，
睡衣除外

CHAPTER 02

$85 WORTH OF CLOTHES BUT NO PAJAMAS

「無論是在管理、訓練或行動的階段，都要盡一切可能讓你的人員了解狀況。沒有任何一件事會像被蒙在黑暗中那樣令美國士兵感到憤怒。」

——陸軍戰場手冊

到了一九三九、一九四〇年，戰爭已蔓延整個歐洲，而大部分的美國人仍反對加入戰局。新創立的蓋洛普民意調查在一九四〇年六月所做的調查顯示，只有百分之七的美國人贊成立即對德宣戰，但許多人卻心知美國恐怕別無選擇。就在同一個月，《紐約時報》和幾家主要報社都持此不受歡迎的立場，呼籲美國必須馬上啟動全國性的強制軍事訓練。《紐約時報》解釋：

世上有史以來最強大的機械化部隊此刻正攻擊巴黎，我們必須認真考慮這支部隊勝利後可能帶來的後果。如果到時不想被打得措手不及，我們就必須正視可能發生的最壞情況，亦即法國戰敗並退出戰局；而英國因欠缺佛蘭德斯

（Flanders）的支援於一九四〇年也告失守。希特勒成為全歐霸主，不僅立即擁有英國的艦艇，還擁有多出我們好幾倍位於德國、挪威、比利時、英國和荷蘭等地的造船廠。

文章中還寫道：希特勒自稱是民主的敵人，而所有民主國家中最大、最富足且最溫馴的非美國莫屬。希特勒在「趁對手還來不及準備前便發動攻擊的全面戰術」已非祕密。希特勒從不掩飾視美國為敵國，總有一天他的軍隊將面對美國軍隊的想法。一九四〇年十二月，他在柏林防空機槍工廠的演講中譏稱美國、英國和法國為「好野人」，而德國則是天生受欺負的「窮光蛋」。希特勒不僅執意要替第一次世界大戰德國的戰敗雪恥，他還認為「這兩個世界是衝突的，是兩種不同的生活哲學……而其中一方必會被殲滅。」由於美國軍隊只有十七萬四千名官兵（時為西元一九三九年），軍力薄弱，無論喜歡與否，我們都必須徵兵。一九四〇年的夏天，就在國會忙於立法之際，羅斯福總統提醒國人時間的緊迫性，再次提及徵兵對正當防衛的必要性，不管它有多麼惹人嫌。

國會於一九四〇年九月通過選徵兵役法。根據這個法案，約有一千六百五十萬名年齡介於二十一至三十五歲間的役男需登記入伍（法案後來將年齡擴大修正為介於十八歲至五十歲之間）。一九四〇年十月十四日當天，兄弟、丈夫、兒子、男朋友、叔叔伯伯、朋友和鄰居，成群結隊地出現在全美各地甫設立的新兵報到中心。儘管擔心會有孤立主義與和平主義團體前來干擾，不過一整天下來卻是異常地平順。在有九十九萬一千名役男登記入伍的紐約市，據報導僅發生兩起逮捕事件；其中一起是因為登記的先後順序所引起的鬥毆事件，另一起則涉及一名等待登記而在酒吧消磨時間的役男。當時距離大選還剩下不到一個星期的時間，有人以為這時候徵兵將不利於爭取連任，但事實不然。羅斯福不僅採取前所未有的做法，實施了美國史上首次的非戰時徵兵，還在實施不到一個星期後就贏得空前的三連任總統選舉。

為了要安置這群被徵召入伍的平民百姓，美國軍隊計畫打造四十六處訓練中心。然而因為聯邦預算直到一九四〇年的秋天才通過，美軍成為唯一邊徵召並訓練新兵邊取得軍營極需基礎物資和建築之軍隊，可說是百廢待興。「土地待清、小山丘待剷平、山谷待添平、樹待刨根、路待鋪平；還要在營房、洗衣房、士官宿舍施工之前先埋設排水系統，接著才建靶場」。預估軍營的建造共需四十萬名工人、九十萬八千加侖油漆、三千五百車次的鐵釘和一千萬平方英尺的牆板。一來徵兵的時機不對，再來軍營的建造不及，士氣因而受到了嚴重的打擊。首批被帶往新營區的人員無法相信軍備如此不足，迎接他們的竟是一大片荒地。雖然工人拚命趕工，建造暖氣營房，許多軍營還是僅有無暖氣的營房，這對於在大寒時被徵召入伍的人來說尤其困擾。他們在營房建好之前先以裝有禦寒設備的部隊帳篷來應急，必須六名或更多的人員擠一個帳棚。每晚舉目無親地裹著凍寒，聽著帳外的嗖嗖風聲入睡，思鄉之情油然而生。

不僅新的軍營軍備不足。就連在第一次世界大戰時創設的軍營也都還沒有準備好。一位被分配到阿拉巴馬州麥克萊倫堡（Fort McClellan，一九一七年成立的步兵訓練營）的人員就說那個地方簡直就是個「地獄坑」，並形容它「既髒又臭，外加泥濘不堪。」軍營處處看來不是急就章便是待完成，所有人員最初都和六至八位的同袍一起睡在十六乘以十六英尺大小的帳篷裡。每個帳篷供有單一火爐取暖，但火花經常將帳篷燒出一個個的洞。此外他們還得不時弄熄噴出的小火。軍營四周的道路誇稱「已清理乾淨」，但實際上是布滿樹樁，有待受訓的士兵受命移除。苦差事多得數不清。「你得拖運煤炭、煤灰和灰燼；你得取出埋在潤滑油脂裡的步槍，並清潔其上的油脂；你得添柴火，得抹地板，還得擦亮窗戶上的玻璃。」馬里恩．哈格魯夫中士（Sgt. Marion Hargrove）在他著名的軍旅生涯描述中如是說。他還說：「有的時候你會懷疑從百姓生活來到這裡，難道就為了做『這些』事嗎？」而且「你也會徹底地厭惡你的新工作。」他補充說道。

除了建築物和設施外，軍營連最基本的日常用品也欠缺。照理說，新兵一抵達訓練軍營就會發放一籮筐的日常用品供他的新軍旅生涯使用。陸軍軍需處原本計畫提供每名步兵一套「包括有鋼盔、襯衫、褲子、綁腿、鞋子、內衣褲，視氣候而定另加雨衣或外套和大衣的野戰服……一個裝有餐具的粗帆布背包；鋼杯和水壺；急救包；包裹毯；雙人帳篷、帳篷桿、別針、盥洗用具、防毒面具；挖壕工具、壓縮口糧；武器和子彈。」就如同某雜誌所戲稱的，每人將發給「價值約八十五美元的衣物，睡衣除外。」然而，第一波新兵所欠缺的何止是睡衣。因為軍需處還未取得他們的卡其軍服，因而被迫穿上第一次世界大戰留下來的，令人痛恨的毛料制服。

許多軍營缺乏操練所需的子彈、武器和配件。士兵像呆瓜一樣，被迫將架在鋸木架上的拖把柄當作防空高射炮。在麥克萊倫堡，有些卡車掛著寫有「坦克」的牌子，圓木頭則拿來當作炮兵的位置標誌符。就連德懷特．艾森豪將軍（Gen. Dwight D. Eisenhower）在他的回憶錄《歐洲十字軍》（*Crusade in Europe*）裡都說：「部隊攜帶木頭做的迫擊炮和機關槍模型，而且只能在藍圖上研究我們的新武器。」對於使用這些假武器，他還承認：「對那些新步兵的智慧增長有限。」

應徵入伍者除了對於準備不足的軍營感到沮喪外，還因難以適應軍旅的統一管理而日益痛苦。早上六點起床時，人員踉蹌下床衝進黑暗裡，在刺骨的寒風中開始為數好幾小時的行軍和演習訓練。如果子彈和武器夠用的話，軍隊就會盡可能地模擬戰場的實際情況。人員在帶刺的鐵絲網下匍匐前進，真正的子彈就會從頭頂上數英尺處呼嘯而過。手榴彈、步槍和炸彈會加深體驗效果，彷如真有假想敵從樹上向他們發動攻擊。人員還得花數小時在課堂上觀看影片、判讀圖表、分析戰爭模式，並且研究要如何操作他們的裝備才能達到最佳效用。他們經常舉行測試和分級，把不合格的學員改發到其他課程和訓練。為了求好，他們經常處在高度壓力下。成績優等者將獲得升等、加薪，並可因此提升社會地位。絕大部分的人都會不計代價地來避免因學業成績不合格而被留級的羞辱。軍事訓練確實是令人傷心又耗神。

這是一群大多不知自己為何會在一九四〇年代初來到訓練營中的平民百姓，要他們轉化成軍人談何容易。雖然報紙和雜誌浪漫化了這段歷程，但對許多人而言，那實在是一段強忍著寂寞、孤立和憂傷，十分悲慘的經驗。在每天結束時大部分的人都渴望著獨處並想要逃避。除非獲准休假或離營，否則想要離開這裡是不可能的事。由於缺乏建築物和基礎設施，在尚待完工的訓練營裡唯一可消磨下崗時間的地方就是小隊帳篷。士兵完全沒有機會享受稍離兵役的那份距離感。他們發覺自己無時無刻都被綁死，毫無屬於自己的自由時間。對於徵召而來的這群人來說，這種狀況尤其難受。他們在身為一般百姓時從沒想過自己會感到如此地徬徨無助，在接受統一化與同一化訓練的同時，還得捨去他們的嗜好和興趣。

當被告知該何時該起床、該如何穿衣、該吃什麼（以及什麼時間吃）、該何時上床睡覺和行軍的步調節奏時，感覺一切都是那麼的陌生。個人的隱私和個別性是一般老百姓的奢侈享受——非軍人所有。美國海軍的情況也是如此。詹姆士·法里（James J. Fahey）在他的海軍軍旅回憶錄中敘述：「一旦你當上海軍，你便知道擁有個人隱私的日子已經結束了，而且一直得等到你再恢復平民身分時那種日子才會回來。……你總是和一堆人一起吃、一起睡、一起沖澡，從來不是只有你一個人。」

在有限的資源底下，音樂（主要是歌唱）和運動活動提供了一些消遣。但是這種公共活動被較完備的軍營列為不受歡迎的活動。在某個研究中指出，如果有所選擇的話，大多數人會比較喜歡利用他們的休閒時光從事一些較個人化的活動——例如寫信、閱讀雜誌書報、看電影或收聽廣播。只有百分之十六的人喜歡利用他們的下崗時間運動，百分之五的人則選擇唱歌。主要的原因是人們一心渴望逃避——逃離他們生活所在的軍營，逃離跟他們一起生活的陌生人，逃離他們會被送往戰場的可能。

陸軍領導們深知，如果不能改善士氣和軍營的生活品質，訓練就難有成效。比較完備與嶄新的軍營後來也發現，它們之間對訓練的態度和熱誠有著天差地遠的不同。差異之所以產生和娛樂的提供多寡有相當的關連。喬治亞州班寧堡（Fort Benning, Georgia）的軍中生活滿意度一向不錯。在那裡，人員一下崗就可以打撞球、玩牌和玩遊戲、玩樂器、到圖書館看書報雜誌、到有兩千個座位的戲院看電影。若訓練條件相同，班寧堡的人員就顯得較能適應軍中生活；他們在每天的訓練課程結束之後可以獲得真正的放鬆，甚而有一種暫時脫離服役的感覺。美國陸軍部因此得到一個結論，那就是娛樂活動和娛樂表演至關重要。

但陸軍還在為了力求最基本的供應無虞而發愁。當你還在擔心人員沒有房子可住，亦或沒有槍隻射擊的時候，哪來的餘力建造設備良好的電影院和運動場館？陸軍需要的是一些規模不大、受歡迎且負擔得起的消遣型態。它們需要書。

✵

第二次世界大戰並非陸軍和海軍歡迎書本進入部隊的首次戰役。但其他戰役的分配率——其之前或之後——都遠不及第二次世界大戰的這一次。

第一次書籍出現在前線的美國戰役是南北戰爭。自願性組織收集了一些舊書，甚至有宗教機構自己印書，例如，基督教長老教會的《軍用口袋書》（*The Soldier's Pocket-Book*）及一些教會認為總比「閒書和邪書」好的讚美詩、聖歌、祈禱文縮小版書籍等皆是。儘管分配毫無計畫可言、書本的選擇受限，但那些送抵戰場的書籍都備受珍惜。南北戰爭的老兵荷馬·史普拉格（Homer Sprague）在內戰結束五十年後還堅稱：「戰場上的士兵很渴望讀點東西。」但由於書籍的分送得不到作戰部的實質支持，你是否收得到讀物只能靠運氣。

到了第一次世界大戰，美軍書籍服務有了長足的進步。紅十字會、青年會和女青年會、哥倫布騎士會、猶太人福利委會、救世軍、美國圖書館協會等民間團體，共同扛起了將募來的書供給訓練營兵的任務。他們總共收集了數百萬冊的書籍。這些團體的工作表現普遍受到讚賞，尤其是受到那些受惠者的讚賞。陸軍少校湯瑪士·馬紹爾·斯波爾丁（Thomas Marshall Spaulding）便表示，書本「讓我們的士兵以及與我們並肩作戰的他國士兵，有了活下去的理由。」並且激發出「神奇的美國部隊魂。」就連那些疲於戰鬥、沮喪且力竭的單位，透過書本的療癒後也再度活了過來。儘管他們被訓練來殺人，並且在前線得面對殘暴的行為，書本的出現似乎驗證了「我軍的成員依然是人類。」斯波爾丁少校如是說。

第一次世界大戰結束之後，作戰部決定讓書籍成為訓練營的必備品。作戰部於是在一九二一年設立了軍隊圖書館服務部門，專責維護當時美國陸軍駐紮地所存有的兩百二十八間圖書館。時任軍隊士氣署（Army's Morale Branch）的主管愛德華·曼森上校（Col. Edward Munson）寫道，書不僅被認為是「寶貴的娛樂工具和教育與授課的必要媒介」，更是一條「途徑……用來改進性格和行為」；戰爭與其說是一種「武器的衝撞，還不如說是意志間的衝撞」，他說，書本可以武裝士兵的心志。雖然軍隊圖書館服務在啟動時懷有若干崇高意圖，但卻隨即墜入無人管理的窘境。當國家不再打戰，各個圖書館的藏書收購預算便遭到刪減，新書的添購因而付之闕如。而美軍的規模縮減之後，州立圖書機構也獲准盜印軍隊圖書館中最受歡迎的一些書籍，供廣大群眾使用。因此到了一九四〇年為第二次世界大戰徵兵的時候，尚存的軍隊圖書館幾乎都缺少人們想要閱讀的書籍。最多的是實際上已經過時的教科書，現代暢銷書卻不見半本。而新的軍營不要說是書籍了，就連圖書館都沒有。面對這波士氣危機的一些指控——不知為何要接受訓練，現代教科書的缺乏讓他們無法提起勁來做研究與升等，軍隊首先需要現代化它們的圖書館藏書。

＊

從一九四〇年底開始，軍隊預計為訓練營購買上千萬本的圖書，並建造包括圖書館在內的一些休閒設施。最初提議只增添數量有限的書籍和增建若干（僅提供二十四個座位的）小型圖書館，但這些卑微的安排僅止於紙上作業，最後多虧了某個人的遠見。雷蒙德·特羅特曼（Raymond L. Trautman）被拔擢為美軍圖書館部門主管時，是一位年僅三十四歲、擁有圖書館專業學位的預備中尉。他於一九四〇年尚未獲得哥倫比亞大學學位時已經管理過幾家書店，並熟知圖書產業這門生意。他還在陸軍和內政部共同管理的平民保育團中工作了五年。罕見到有人既熟悉軍隊的運作又具備圖書專業，於是他成為軍隊圖書館部門主管的不二人選。一旦有任何會威脅到軍隊書籍質量的障礙產生時，特羅特曼定會不厭其煩地叮囑他的人員採取一些必要手段，來確保他們收到想要的圖書。多虧了特羅特曼的督導和決心，第二次世界大戰期間提供給軍人的書籍要比一九四〇年士氣署所預估的多上許多。

作戰部所訂定的早期目標是要為每一名士兵買一本書。事實上，每個軍事單位或訓練營所收到的書本數量低於這個標準。一九四一年，人員多於五千的大單位才能獲得寬裕的購書預算，但人員少於一千的小單位就全無預算。這種短缺的情況絕非特羅特曼可以接受的。就早期那些擁有豐富藏書的圖書設施之訓練營，其書本使用情況所做的一些調查顯示，書本的傳閱率高得嚇人，甚至有人開玩笑地說道，頁面的字跡沒被抹掉真是奇蹟。特羅特曼知道他該怎麼做了，他需要替這數十個軍營購進數百萬本的書籍。但他苦無經費。特羅特曼的一些圖書館同業對他伸出援手。就在軍營的士氣驟降而書架空蕩蕩的消息流傳開來之際，圖書館業者深感自己有道德和專業上的義務要出點力。圖書館業者自動在各地方舉辦募書活動，協助附近的訓練營收集書籍。紐約圖書館協會在一九四一年的募書活動宣傳總監便說：「軍人可讀的書極少。全國圖書館業者深深以為，人只要有空並想閱讀，就應該有書可讀——所以他們著手幫忙找書。」草根運動如雨後春筍般在全國如火如荼地展開，並且得到相當大的迴響。圖書館業者尋求娛樂性讀物——小說、漫畫、幽默小品和短篇故事集——以及教課書和學術論文。地方報紙則宣揚這些募書活動，並幫忙散播「圖書對於訓練營士氣的維持有多重要」的訊息。於是數以萬計的書籍在很短的時間內收集完成。

美國圖書館協會注意到許多這些成功的募書方式。如果一位圖書館員就能募集到數以萬計的書籍，試想有一個號召全國圖書館員一起效力的活動，那麼不就是有好幾百萬本書籍了嗎？於是美國圖書館協會在一九四一年的年度會議中宣布，它正在考慮舉辦一場全國性募書活動的可能性，這個想法獲得極大的迴響。許多曾在一次世界大戰募過書，亦或最近剛募書的圖書館員紛紛提出建議。熬不過這場贊同大戲，美國圖書館協會指派祕書卡爾·米蘭（Carl Milam）到華盛頓面見一些陸、海軍官員，以及衛生福利暨國防相關活動局的助理統籌主任查爾斯·塔夫特（Charles Taft，塔夫特也是前總統威廉·霍華德·塔夫特〔William Howard Taft〕的兒子）。

後來證明既是主要支持者也是主要妨礙者的塔夫特，雖然接受了籌辦全國性募書活動的想法，但簽署政府同意書的卻是已升中校的特羅特曼。儘管軍方有意願要購買適量的書籍，然而特羅特曼中校坦承，人員少於五千的軍事據點還是沒有購書的預算，因此那裡的士兵如果想閱讀一本書，就得仰賴募書運動的供給。這次會議結束後，美國圖書館協會獲得聯邦政府的批准，舉辦了一次全國性的募書活動。

不出幾個月，此募書企畫的藍圖迅速被拼湊了起來。他們以美國勞軍聯合組織和美國紅十字會各捐助的五萬美元來支付經辦費用，美國圖書館協會的「國防募書運動」（National Defense Book Campaign, NDBC）預計在一九四二年募集不少於一千萬本的書籍。美國勞軍聯合組織捐出了位在帝國大廈的辦公空間作為募書運動總部，美國圖書館協會也僱請有「女性圖書館員第一把交椅」之稱的愛西亞·瓦倫（Althea Warren）來負責為期四個月募書運動的整個運作。瓦倫證明了自己是擔任這項職務的完美人選。事實上，她奉獻了許多的時間和精力來照顧這個被親近友人戲稱為她的小孩的募書運動。

❋

身為國防募書運動的主導者，瓦倫的個人特質、工作倫理和圖書館經驗，都足以令她十分勝任這份充滿挑戰性的工作。她在完成圖書館學位後，在芝加哥西爾斯羅巴克（Chicago's Sears Roebuck）圖書館部門找到了第一份工作。這座圖書館實質上隸屬於西爾斯羅巴克商店，初期是為了自家員工的教育和休閒而創設的，結果卻成為一個出乎大家所預料既繁忙且不可或缺的場所。「在開門之前，中午吃飯時間和關門時，我站在人群當中，學會了像售票員那樣快速地給每人送上一本與他最匹配的書。」瓦倫回想說道，「『給我一本像《梭子報》（*The Shuttle*）那樣的書』、『我要一套新的形容詞來形容春季產品目錄顏色』、『實驗室裡首席化學家應該會喜歡某本由威利博士所寫的政府小冊子』，人們熱切地又吼又叫，蓋過了混亂的吵雜聲。」

瓦倫的建議和專業備受重視，而她也從未讓人失望過。曾有這麼一段令人難忘的小故事，說有一天瓦倫收到會計部門的一位小姐透過連接公司與圖書館的氣動運送管系統傳送給她的一張便籤。「在這個下雨天，這裡好沉悶，」會計小姐抱怨：「麻煩送一本妳認為不適合女士閱讀，必須退出流通的小說給我好嗎？」瓦倫滿足了她的要求，並訝異隔天看到那本書被包得好好地送了回來，並留言：「賜福與妳！妳真行。這書實在不適合任何人閱讀，麻煩再送一本一樣的給我。」

瓦倫後來搬到加州，並且一路做到洛杉磯公共圖書館的主管職位。同事們都非常欣賞她那化腐朽為神奇的工作本領，而瓦倫的敬業精神更激起了同僚的工作熱忱，大家不僅心儀她的風采也為她的苦幹所感動。

一九四一年，當瓦倫從加州橫跨美國，前往紐約就任募書運動主管時，她對於要如何運作這次的募書活動已經心裡有底。她曾在第一次世界大戰期間，短暫參與過聖地牙哥市郊康寧營區的士兵圖書供給。由於當時目睹了書本的療癒功效，所以瓦倫下定決心要為激增的士兵募集上百萬本的圖書。

她的任務是鼓舞全國一起動起來捐書。這說來簡單，執行起來卻困難重重。先不論人民對美國參戰有意見（大部分的美國人是堅決反對的），瓦倫相信每個人都會贊同，為了提振訓練營裡諸多人員的士氣和娛樂，他們應該有書可讀。瓦倫在《圖書館雜誌》（*Library Journal*）的社論中提及：「無論你對戰爭抱持著什麼樣的看法，我們大多相信……能儘速地幫訓練營人員收集到他們真正喜歡的圖書，這件事本身就是很大的滿足。」她還說：「圖書館員的自身經驗告訴他們，某些書頁確實是止痛的藥膏，另外一些是欲脫離無聊或孤獨前去冒險的入門票，還有一些則是升等升職和啟發創意的文憑。」正如她以「可能是我們國家發展史上的最大成就」來形容第一次世界大戰時圖書館業為軍人所做的創舉，她告訴她的圖書館同業，他們這次的使命是要「募集多過世上任何現存圖書館中藏書的書籍數量」。她簡單地做了個總結「動手吧！各位！」

勝利募書運動的首任主管西亞・瓦倫，激勵全美圖書館員為那些思鄉且疲憊不堪的士兵們募集數百萬冊的書籍。「圖書館員都知道，」她說，「有些書頁確實是欲脫離無聊或孤獨前去冒險的入門票。」（圖片來源：Manuscripts and Archives Division, New York PublicLibrary, Astor, Lenox and Tilden Foundations.）

第三章

書籍土石流

CHAPTER 03

A LANDSLIDE ★ OF ★ BOOKS

「前線的士兵不僅手中需要一把槍，心中也需要一個理念。」

——艾米莉·米勒·丹東（Emily Miller Danton），圖書館員

國防募書運動的志工們在一九一四年的十一、二月間，都忙於組織和推動美國史上最大規模的募書活動，時間緊迫且工程浩大。瓦倫向她的同事坦誠：「為了讓國內廣大的群眾能大量捐輸，我們花了足足快一個月的時間在電台、圖片、故事、社論以及五十萬份的海報上。」這個活動需要一位宣傳總監。於是紐約圖書館協會一九四一年募書活動的前宣傳瑪麗·羅索（Marie Loizeaux）立即受到重用。

羅索打算將募書活動的海報鋪滿全國，讓每個鄉村、城鎮和都市都布滿了募書箱。每家圖書館、學校、百貨公司和火車站盡可能地加入勸募的活動，亦或告訴大眾到哪裡可以捐書。羅索計畫和大公司、大眾運輸、連鎖商店合作，讓她的宣傳能達到最大的效果。她所獲得的迴響驚人。全國車廂廣告公司（National Transitads）答應在它所代理的火車廣告上刊登兩萬張「勝利募書運動」（Victory Book Campaign,

VBC）的宣傳海報；公車車票上也加印了一行鼓勵捐書的提醒詞；喜互惠連鎖超市（Safeway）同意在所有兩千四百家店面陳設捐書箱，並張貼一張募書運動的海報；數百個電台節目——從學院經營的到全國聯播的節目——誓要在空中幫忙宣傳募書運動；報社記者則答應披露有關運動的消息，諸如指導鎮民如何送達到收書地點，確認哪一類型的書最熱門等等。在運動真正開始之前，羅索的宣傳顯然已見成效。大眾的捐輸不斷地流入各個活動箱，甚至有一家等不及的發行公司送來一份高達十萬本平裝書的大禮。全國的捐輸熱誠令人悲喜參半：如果運動尚未開始之前就能募到這麼多的書籍，想像一旦它真正啟動後，所形成的書籍土石流可能會把志工們給掩埋了。於是瓦倫向報紙求救，急徵額外幫手以敷各分館之需。

就連孩童也參與了這次的勝利募書運動。密西根州底特律城的童子軍們正從婦女手中接過滿滿的捐贈讀物。（圖片來源：Author's collection）

就在運動即將成形之際，日本卻在一九四一年的十二月七日突襲了珍珠港。國會馬上對日本宣戰，隨後，德國也對美宣戰。突然間，國家面臨了一場在太平洋，另一場在歐洲及非洲的戰爭。於是美軍開始前往戰區，對抗希特勒的軍隊。然而還是有人感到奇怪，攻擊珍珠港的明明是日本，為何美國要針對德國採取行動。圖書館人員深知，來自於仇恨或報復的作戰信念是不會持久的。現在他們發誓，不僅要替軍人募書，還要負責闡明國家為何而戰。

「國防募書運動」更名為「勝利募書運動」，總統及第一夫人也為了表示對運動的支持公開捐贈書籍。勝利募書運動就在他們的加持下，於一九四二年一月十二日正式展開。大家成群結隊地站出來捐書並支持他們的軍人。據《紐約時報》的報導：「他們親自帶著書、派遣司機運來堆滿後座的書籍，或電召志工和圖書館服務幫忙搬運較大批的捐贈，紐約人也從昨天開始湧向勝利募書運動的分類桌。」許多名人幫忙凸顯勝利募書運動的重要性。

最有力的宣傳和愛國精神的展示發生在一九四二年一月的最後兩個星期間，在位於曼哈頓四十二街著名的紐約公共圖書館階梯上。美國婦女志願隊安排了一系列由電影明星、流行樂團、地方人士、百老匯表演者和軍官所演出的節目，引起公眾對勝利募書運動和書籍募集的興趣。其中一些節目還錄了音，透過電台向全美聽眾廣播。每天都有數千名的觀眾擠在圖書館周圍一睹他們心儀的好萊塢偶像並捐書。班尼・古德曼（Benny Goodman）、雷蒙德・梅西（Raymond Massey）、溫德爾・威爾基（Wendell Willkie）、凱瑟琳・赫本（Katherine Hepburn）、奇科・馬克思（Chico Marx）和基蒂・卡萊爾（Kitty Carlisle）等人便是此運動背後有力的支持者。

紐約公共圖書館在那個月約有成打的演出，其中最能引起共鳴的似乎就是克里斯多福・莫利（Christopher Morley）的〈古騰堡演說〉（*The Gutenberg Address*）朗讀。莫利在一九四〇年代是個家喻戶曉的名字，他是一位作家、《週六文學評論》（*Saturday Review of Literature*）雜誌的共同創辦者及夏洛克・福爾摩斯（Sherlock Holmes）狂熱團體「貝克街小探馬」（the Baker Street Irregulars）的發起人。身為文學和詩詞的愛

包括凱瑟琳・赫本（Katharine Hepburn）在內的名人紛紛跳出來，籲請捐書給勝利募書運動。圖為赫本在紐約公共圖書館內為她捐給軍隊的書籍簽名。（圖片來源：Manuscripts and Archives Division, New York Public Library, Astor, Lenox and Tilden Foundations.）

好者，莫利在一九一二年開始他的寫作生涯並持續發表了無數本的小說、短篇故事與詩集。逾三千名紐約人不畏刺骨寒風前來聆聽莫利的演講，更有上千名聽眾守在收音機旁收聽。

莫利的演講以描述一個整理行囊準備離家從軍的年輕人開場。儘管對某些東西要帶與否還心存遲疑，可是卻毫不猶豫地拿起七本書塞進了帆布袋，這正是他需要的。這些書是他歡愉的口糧，這些書可以強化他的意志並讓他保有好心情。莫利堅信書本可作伴、解鄉愁，並且還是對抗希特勒的保命盔甲。從《我的奮鬥》的出版和可恥的焚書行動明顯可見，書已被德國拿來當武器；但美國人也可以利用書本，他們可以看自己想看的書並散播其中的一些想法。總歸一句，莫利說：「心戰先於實戰。」

莫利參照了美國最血腥的衝突——南北戰爭，以及亞伯拉罕・林肯（Abraham Lincoln）著名的〈蓋茲堡演說〉（*the Gettysburg Address*）。為了紀念在沙場上犧牲的生命，林肯認為國家應極力彌平戰爭，證明自由與民主是經得起時間考驗的。同樣地，莫利也寫下了〈古騰堡演說〉來紀念付印的文字和自由的思想：

> 五百年前，一名德國工人有了一個新發想，他懷著崇敬之情，致力於人類文字的傳承，令人類的思想得以自由交流繁衍，並且得到收藏。現在，我們捲

入了一場世界內戰，考驗著心智、文字的自由，亦或任何其他形式的自由是否可以永垂不朽。

透過圖書館員、政治人物、老師和媒體的努力，美國人開始意識到他們這一次不僅要為珍珠港的損失討公道，更要以自由之名出師征戰。自由本身已受到威脅，生活在希特勒統治下的歐洲人失去了閱讀和討論想法的自由，而美國人也開始覺得同樣的情況可能發生在他們的身上。當美國武裝部隊的規模逐漸擴大，而某個年輕人被送往戰場的消息時有所聞之際，戰爭似乎是越離越近、越來越切身。

到了一九四二年年初，每三名年齡介於十八到四十四歲的男人中就有一名從軍報國。於是留在後方的人們皆因勝利募書運動的召喚而動員起來。他們不僅試著達成此運動所訂定的捐書數量，募到比世界前五大城市的圖書館藏書還要多的圖書，他們還希望能夠超越這個目標。畢竟，如果莫利是對的，如果戰爭首重於心戰，那麼美軍將會需要為數龐大的書籍。

✵

運動開始不到兩個星期就蒐羅了四十二萬三千六百五十五本書籍。到了一月底有十萬本書分別被分類、打包、裝進軍用卡車運往各個軍營。勝利募書運動的志工們深刻感受到大眾對這個活動的熱烈反映。「雖然從開始的第一天我們就知道沒有時間做足準備，但還是為我們的倉促上路感到高興……我們已經準備好應付各種要求……如何交書給移防中的部隊。」勝利募書運動一九四二年一月的董事會議紀錄記載道。

書架空蕩蕩的軍事據點圖書館員在勝利書籍運抵時欣喜若狂。一位圖書館官員在寫給勝利募書運動志工的信上說道：「對於募書運動捐給我們據點圖書館的這批藏書，我只能說大恩不言謝……我們這裡的圖書館又可以重新開張了，」他接著又說：「要如何以據點圖書館有限的預算來增添部分圖書，可真傷透了腦筋，」但勝利募書運動的書籍改變了一切。該圖書館員說館中的書架已經補滿，並且「還有許多人誇讚選書選得真好。」另一位館員則寫道：「你們真的幫了一個大忙，我希望它也可以惠及全國，因為近期的新書正是每個軍營圖書館迫切需要的。」讓所有的據點圖書館都收到圖書需要花點時間；這其間一些沮喪圖書館員的信件紛至沓來，希望能幫他們把空書架盡快添滿。不過當頭熱無可避免地退燒了。儘管在運動開始的第一個月已經收集到一百萬本書籍，但有些人卻說還差九百萬本。

當時深受歡迎的刊物《週六文學評論》在一九四二年二月的社論中首先發難：「一定是哪裡出了問題，說來令人難以相信，一本書動則百萬冊銷售量、擁有約莫七十五萬名讀書俱樂部固定會員，並且人口高達一億三千萬人的國家，竟然會對捐書給軍人這件事如此漠不關心……捐書千萬冊的目標本來應該在第一個星期達成，而不是一個月過去才募到十分之一數量。」儘管匆促上路，然而為了讓這次的運動廣受重視，並不乏報紙、電台節目和雜誌的宣傳合作。海報在能貼的地方都貼了，它們被擺放在各個圖書館中、釘在電線桿上，並且張貼在火車站和

美國圖書館員回應德國「圖書大屠殺」的方式，是呼籲美國人捐出數百萬冊書籍給戰士們。圖中為數千名民眾聚集在紐約公共圖書館的台階前，爭相目睹他們心儀的名人並捐書。（圖片來源：Manuscriptsand Archives Division, New York Public Library, Astor, Lenox and TildenFoundations.）

學校的牆面上。到底哪裡出了問題呢？這篇社論歸結，或許比起其他更重要的需求，這種微小的事物無法引起大眾的關注吧。「難道是國家長期重大輕小的心態，導致我們普遍存在這種——為了贏得戰爭，只好損及小事——的想法？」

沒錯，需要大眾幫忙的事項很多。舉辦各種物資的募集活動、期盼美國人有錢出錢有力出力等等。當國家在一九四一年夏天面臨鋁的嚴重短缺，導致飛機製造幾乎停擺時，生產管理局就在該年七月慌亂地推出一項為期兩個星期的全國性鋁料募集活動。希望募到一千五百萬磅能打造出兩千架飛機的鋁量。於是美國人翻遍家裡，搜出最後一片可能用不到的金屬。「熱心的家庭主婦一呼百應，拖著數量驚人的鋁製品——麥可叔叔（Uncle Mike）咖啡壺、瑪格麗特阿姨（Aunt Margaret）煎鍋、嬰兒牛奶碟、平底鍋、燉鍋、雞尾酒搖杯、製冰模型、雪茄煙管、義肢、錶殼和收音機

到處都看得到「勝利募書運動」的海報：諸如火車站、戲院和學校等地。大眾在一九四三年被要求捐出比前一年還要多的書籍。（圖片來源：Author's collection.）

零件——到村落的綠地上。」令人難以置信的是，當這些募集來的鋁片造不出半架飛機時（局裡在活動結束後才知道只有原鋁才能夠製造飛機），甚至有新聞報導仍津津樂道，認為這次活動成功地促進了全國人民的團結。

家庭主婦們還被要求募集紙張、破布、金屬和橡皮。每個家庭學會了在丟垃圾前多想一想。紙張被拿來包裝任何與防空高射炮彈引信接觸到的東西。破布，諸如舊窗簾和床單，則用來擦拭引擎、發電機、戰艦上的火炮機械裝置，維持它們的操作順暢。美國在一九四二年面臨一次嚴重的物資短缺，石油工業戰時委員會主席在當時宣稱：「製造鉛筆頭橡皮擦的次要橡膠庫存已快見底。」於是羅斯福總統懇求美國人捐出所有的橡膠製品來幫助國家度過這次的危機。再一次地，後方並沒有讓人失望。就在短短的兩個星期內，全國共收集到了多於二十一萬八千噸的橡皮，據活動結束後的統計得知，無論男女老少，每人平均貢獻約七磅重的橡皮。

總統在一九四二年的聯合演說中樂觀地說道，美國的「工人已經準備好隨時加班」，來「提高日生產量」，可以「一天二十四小時，一個星期七天不停機、不斷爐」地生產出戰爭迫切需要的物資。諷刺的是，正當數百萬美國人受雇於從事國防工業的生產，享有一份優渥的薪水之際，消費者卻被要求得需抑制他們的花費，讓工廠能夠全心全意地生產軍需製品。《華爾街日報》（*Wall Street Journal*）從工人的懊惱中得到一個結論：「戰爭經濟下的生活和經濟大蕭條時的生活沒什麼兩樣，」

配給制度也為美國人帶來生活上的不便。從烹飪爐、方糖乃至汽油，許多項目皆供不應求。從裝配線出來的不是新汽車，而是戰爭用的交通工具。通用汽車公司改為製造飛機、高射炮、飛機引擎和潛水艇用的柴油引擎；福特汽車公司改生產轟炸機、吉普車、裝甲車、登陸艇和滑翔機；克萊斯勒汽車公司改建造坦克車、軍用卡車和地雷。全家擠進他們的老爺車來個快樂之旅的日子沒了，汽車、汽油和輪胎的定量配給結束了這一切。生活娛樂越來越單純，人們花更多的時間看電影、在家娛樂、下棋——以及閱讀。

有些事情的調整較簡單。當配給範圍擴大到連最普通的日常用品都包含在內時，便偶爾會發生歇斯底里的現象。不出幾年糖、咖啡、奶油、乳酪、罐頭食物、肉類、紙、布料全都列入限制類商品的名單。到了戰爭末期，除了水果和蔬菜外（它們通常是種在自家後院的「勝利花園」裡），幾乎所有食物都得靠配給獲得，並且常常斷貨。甚至連商店貨架上最普通的物品，只要一出現也會引起莫名的興奮。戰爭結束多年後，還有人忘不了平時溫文端莊的鄰居曾上演的那一幕，她沿著街一路放聲尖叫，只為了告訴大家當地超市的衛生紙到貨了。

雖然民防局主管語帶輕鬆地加以說明（「一天多喝或少喝杯咖啡或在其中多放或

少放一匙糖，對我們不會造成什麼樣的影響，但卻可以大大影響到戰爭的結果」），有些人還是無法適應這種配給制度。一個關於新限制的謠言就足以造成一陣兵荒馬亂，人們要趁某項物品永遠消失之前，趕緊衝進商店搶購囤貨。就在物價管理局宣布民間橡膠製品將被削減約百分之八的時候，出現了一次運動商品銷售史上最強的購買潮，男人蜂擁而至就是為了購買上萬顆的高爾夫球，婦女則搶購了滿手的緊身胸衣、束腹和胸罩（貼身內衣的鬆緊帶有部分成分來自橡膠）。恐慌的氛圍打敗了愛國精神，囤積竟成為零售商交相譴責的問題。某份報紙嘲諷說道：「如果人咬狗是新聞的話，那麼商人呼籲顧客不要購買肯定也是新聞。」

羅斯福總統偶爾會提醒國人，配給、募捐活動、志工服務和民防工作都是全面作戰要付出的代價。總統在一九四二年四月的一次「爐邊談話」（fireside chat）中堅稱，勝利的代價並不算高。「如果你不相信，」他說：「可以問問現在生活在希特勒暴政下的數百萬人民；問問那些法國、挪威和荷蘭的工人，」羅斯福說。「問問那些遭希特勒逼迫的挨餓婦女及孩童；問問這些人輪胎、汽油和砂糖的配給是否算得上是一種『犧牲』。」羅斯福嚴肅地做了總結：「根本不需要問，他們已經給了我們他們的痛苦答案。」考慮到大眾這麼多奉獻於戰爭的方法，就能夠理解為何勝利募書運動不能在一夕之間募集到千萬本的書籍。一股流量穩定的書流持續進入勝利募書運動的募捐箱，這個運動也就一步步地接近了它自己的目標。

***

過完二月邁入三月之際，瓦倫的四個月主管任期即將結束，但成績仍離她的任務目標有千萬本書籍的遙遠距離。於是瓦倫轉而求助一些出版商，希望從他們那裡獲得到新近印刷的大量捐贈圖書。結果有數萬本新書送達。勝利募書運動還請求出版商幫忙宣傳，呼籲讀者在看完書後將它們捐給勝利募書運動。口袋書出版公司（Pocket Books）應要求，在它的平裝書中印製了全頁通告，請求顧客用捐書行動來支持陸、海軍士兵。這則廣告鼓勵讀者將他們讀完的口袋書順道帶至地方圖書館，或直接寄往廣告上提供的地址（各個陸軍圖書館或海軍圖書館），然後再由這些單位設法交到士兵手中。到了一九四二年三月上旬已經募到四百萬本的書籍。但勝利募書運動的整理中心剔除了其中不適合訓練營的一百五十萬本。早期的許多募書請求忘了提醒大眾（以為大家都了解）必須提供適合年輕士兵閱讀的圖書。從一些例子中看來，大眾可能把募書活動和廢紙回收搞混了。報紙拿一些捐贈圖書大做文章。《編織教學》（*How to Knit*）、《一位禮儀師的回顧》（*An Undertaker's Review*）和《神學在一八七〇年》（*Theology in 1870*）都歸在那一百五十萬本不適合遞送的書籍裡頭。

勝利募書運動物盡其用。他們將破損不堪的圖書賣給了廢紙回收，然後利用這些收入購進教科書或其他迫切需要卻不常有人捐贈的書籍。勝利募書運動也與拯救兒童聯合會合作，有五千六百七十九本獲捐的青少年讀物送到需要的孩童手中。有些不適合年輕人閱讀的書籍，則被送往那些負荷過度的戰爭工業區圖書館（許多小城鎮都建有宏偉的戰爭工廠，吸引數以千計的外來移民；但現有的住宅、食物和資源往往無法應付快速成長的人口。這些地區的圖書館難以滿足需求，勝利募書運動的贈書成為了它們的及時雨）。珍稀圖書如首版書籍或特別罕見的巨著則予以出售，再將售得的金額拿來購買士兵需要的書籍。雖然勝利募書運動並沒有浪費任何一本書，但總不能繼續扮演全美多餘書籍交換中心的角色。報紙幫勝利募書運動公布了美國武裝部隊最想閱讀圖書的種類。某家報紙就指出：「書籍一定不能是髒的、破的或者幼稚的。」還有「軍人依序偏愛小說、自傳、歷史和專業技術書籍。」紅十字會則建議：「想想如果你有兒子在軍中服役，他會喜歡看什麼書。」

✲

在此同時，有成千上萬的美國人離開訓練營加入作戰的行列。一九四二年的早春，美國軍艦在大西洋、北極圈、地中海、印度洋和太平洋作戰，而美國的地上部隊則駐紮在南美洲、格陵蘭、冰島、不列顛群島、中東、非洲、亞洲、澳洲和一些太平洋島嶼。美國人散布在世界各地。

他們陷入了一種混雜困苦、疲憊、無聊與懼怕的情境。一名在北非服役，每晚得睡在地上的步兵，被迅速激發出軍人的求生本能。細小的飛機嗡嗡聲馬上就能帶起一陣飛揚的塵土，這幾乎已經成了反射動作。「五年以前你休想用一小時五美元的代價請我挖溝渠！」某人說道，「現在你看……如果我離開我家溝渠五十英尺，那我就是在挖新的溝渠。」除了發展出挖傘兵坑的癖好外，步兵也適應了幾個月不洗澡、幾個星期沒有乾淨的衣服、襪子可穿，以及長期只吃從罐頭和紙盒裡掏出來難吃口糧的生活。他們總是又髒又疲倦又過勞。有的時候，人員在徹夜行軍後的隔天卻只能保持整天不動（否則會被發現），他們「過著沒有經歷過的人一定無法想像的生活」，一個戰地記者這麼形容。當一名步兵——他們喜歡稱自己「該死的步兵」——「一點都不舒服，有時候還得學會在缺乏必需品的狀況下生活。」

要挨過等待事情發生前那段無所事事的時間，和事情終於發生後一樣悽慘。就如陸軍一等兵摩爾多瓦（Pfc. H. Moldauer）抱怨的，「單調、單調、單調，除了單調還是單調。有的是悶熱、各種蟲子和工作，獨缺城市、女人和烈酒……不規則郵件的不規則竟成了規則。」他甚至發現自己竟然憎恨「必須在名字前加上三個單調的小的——小得嚇人——字母：Pfc。」雖然大部分有關戰爭的描述都集中在戰役、小規模戰鬥和實戰上，其實一名軍人在日常生活中等待的時間比打戰的時間長得多。或許等待在身體和心理上沒有造成那麼重的負擔。陸軍中士沃特．伯恩斯坦（Sgt. Walter Bernstein）就在他的戰爭報導中指出，戰爭「十之八九毫無興奮可言且充斥著許多的不愉快。」一旦興奮的時刻來臨，「它總是像拉肚子那樣，咻的一下就過去了。」

戰役一開始，死亡的陰影便籠罩了一切。大炮和迫擊炮的射擊令人害怕，它們那震耳欲聾的聲音正在預告著某個地方又會遭到嚴重的破壞；更糟糕的是，它們還可能把身體炸成肉醬，甚至炸到屍骨無存。前一分鐘還在和朋友說話的人，下一分鐘卻變得難以辨識。這些在在令人感到毛骨悚然。炸開的炮彈撕裂了肉體、分割了四肢，糊爛的身體部位被拋向空中，而地上也布滿了人體殘骸。除了來自空中的威脅外，地面處處都是德國布下的地雷。錯踏一步就錯一生。潛藏不明的危機感深深烙印在人們的心裡，即便戰爭結束多年，有些退伍軍人在踏過草地時還會躊躇不前，他們寧可選擇柏油或水泥路徑來走。

經歷過血流成河場景的人會改變對戰爭的看法，他們會重新思考自己在戰爭中所扮演的角色。他們原以為在訓練營已驗證過自己的獨特性了，卻沒想在戰鬥中失望地了解到他們不過是軍事機器上的一枚小螺絲。就像零件壞了可以換新那樣，戰鬥中的軍隊若碰到有人受傷或陣亡，馬上會派人頂替。然而「人類被視為是可取代的」這種觀念——丟棄一個已喪失生命或身體嚴重受傷的人，以另一名也可被替代的人來取代——讓人覺得不舒服，讓人覺得軍隊視它的人員是可用完即丟的消耗品。依據服役於貝里琉島和沖繩島、美國第一海軍陸戰師的斯萊奇（E. B. Sledge）所言，這樣的理解「令人無法接受」。他還說：「我們來自一個尊重生命和個人價值的國家和文化體系。當你突然發現自己身陷在生命似乎毫無價值可言的處境時，會特別感到寂寞。」

戰爭帶來的不舒服、緊張和危險感是無法擺脫的殘酷枷鎖。由於緊張感無法獲得抒解，有些人無可避免地瀕臨崩潰的邊緣。如保羅．富塞爾中士（Lt. Paul Fussell）說的，士兵「因為受藐視而人格受損」，加之「荒誕無聊又瑣碎」的軍中生活，「一些能夠緩緩情緒的東西是絕對需要的」。在能夠暫時逃離戰鬥的休息片刻中，他們最想得到的就是家書和圖書了；因為這兩者不但可以隨身攜帶，又可在需要慰藉時隨時拿出來看，即便身處最前線亦然。

但海外郵班難料且相當慢。在北非的美國人曾報告說已經好幾個月沒有收到郵件了。誤解和挫折充斥。據戰地記者恩尼．派爾（Ernie Pyle）的報導，一位與他同單位的士兵三個月來未能收到妻子的隻字片語，他開始煩躁了起來，竟提筆寫信告訴他的妻子想要離婚。當信件寄出之後，這位老兄才收到一大疊積累了三個月、總共五十封的信件。他立刻發出了一封電報給老婆，收回他的離婚脅迫。

在郵件未能及時送達，又缺乏電影和運動設施或其他娛樂來提振心情時，書本就成為唯一的消遣。而它們也深受青睞。一位隨軍牧師在他的書中曾說，書本帶給了人們「一些值得擺在心上的東西，並讓他們比較容易專注在有建設性的事物上，而不至於過度沉浸在戰爭的破壞面向。」書籍除了可以引開人們的注意力之外，第一次世界大戰的一些研究同時指出書本具有治療作用，能幫助人們更平順地度過他們所承受的不幸和困難。隨軍心理醫師也同意，書本可以轉變心情，緩減戰爭帶來的焦慮和緊張。閱讀不但能夠提振士氣、緩和衝擊，並且可以避免精神崩潰的發生。根據某篇文章指出：「當我們閱讀小說或戲劇時，我們的感受是依個別需要、目標、防衛和價值而定的，」讀者會「納進能滿足所需的意義，並拒絕威脅到自我的意義」。士兵從書中萃取勇氣、希望、決心、自我和其他情操，填補了戰爭造成的空虛。

許多因戰爭受傷的人，在康復期間從書裡找到了希望與療癒。曾因在非洲受傷住院且面對截肢感到前途茫然的查爾斯・伯特（Charles Bolte）憶起了那個重大的日子，（正在治療槍傷的）一個朋友走近他的病床，得意洋洋地向他揮舞著手中一本、在醫院圖書館中找到的海明威《第五縱隊與首次發表的四十九個短篇》（*The Fifth Column and the First Forty-Nine Stories*）。伯特在其中一篇，描述某位英雄發現哭泣可以減輕斷腿之痛的故事中找到了慰藉。在這之前伯特絕不敢哭。因為這個故事讓他把頭埋進了毯子堆裡痛快地哭了一場。「這幫助了我！」伯特說。

雖然忍受了多次的截肢手術，但伯特在整個住院期間求助於閱讀，堅信書本會幫助他康復並帶領他往前走。伯特評論說：「恢復期間的際遇，決定了一位重傷者往後一生是酸的還是甜的，」對他而言就是後者了。伯特又說：「這可是從小學以來第一次有足夠的時間好好地讀我想讀的書。」雖然幫助他康復的因素很多，不過他卻將所讀過數十本書的作者列為首要功臣。有著和伯特同樣經驗的成千上萬的人，在戰爭期間從書中找到了忍受身體創傷所需要的力量，以及治癒潛在情緒和心理傷害的魔力。

書所擁有獨特療癒品質的這個概念，對那些營運勝利募書運動的圖書館員來說並不陌生。瓦倫在她正式上任的前一晚發表的一篇社論中，探討了書籍如何根除痛苦、消除無聊孤單、引領心靈神遊、遠離身體的所在。無論你需要的是一本書來暫時忘卻戰爭、想起家人、修補破碎的心靈或幫助自己找到勇氣，勝利募書運動的圖書館員都確保了每個人能找到一本符合他個人需求的書籍。

他們需要更多的書。訓練營鼓勵人員前往國外服役時隨手攜帶一本勝利書籍，所以訓練營正在鬧書荒。海軍軍艦在出任務前必須先裝載數千本的勝利書籍，碼頭上常見到成排的勝利書籍箱子，方便他們登船前隨手抓本書。這些旅程通常長達數週，這期間的無聊和空虛更是出了名地難挨。書本被認為是最好的伴侶。只要有好幾百萬本的圖書隨著人員一起坐船運往國外，就另外需要有數百萬本書籍補進訓練營。

✵

瓦倫在一九四二年三月離開募書運動，遺缺由當時副主管兼她的好友約翰．康納（John Connor）接任。康納擁有商業管理和圖書館學的學位，在加入勝利募書運動前在哥倫比亞大學擔任助理圖書館員。他強烈地反對戰時的審查制度，並且是公民權的擁護者。撇開他（少有人認同）的強烈主張不說，他的個人風采征服了每一個人。一位同事這麼形容康納，「他總是面帶著微笑，友善地握手和禮貌問候。」

在康納的帶領下，圖書館員於一九四二年的早春使勁地拚命工作，並獲得捐書量提升的回報。他們不斷地叮嚀人們士兵想要的是哪種圖書，宣傳哪些書籍最受歡迎，並且提醒（兼拜託）大眾多多捐贈此類書籍。整理中心很高興地表示，這些努力不僅使得捐書量增加，連書的品質也提高了。到了一九四二年四月，整個捐書量已經達到六百六十三萬五千冊。

如果這項運動可以持續下去，那麼活動的圓滿結束似乎指日可待。勝利募書運動轉而向白宮求援，希望將一九四二年四月十七日星期五訂為「勝利書籍日」。總統同意了。在一次記者會上，羅斯福總統「要求全民、報界和電台業者共襄盛舉，促成（它的）成功」。當記者詢問總統該捐些什麼書籍的時候，他先是開玩笑地說：「除了代數之外什麼都可以。」然後再簡單地說明，大家應該把他們看過且喜歡的書捐出來，陸軍和海軍也都是由公民組成的，他們閱讀的喜好和後方沒什麼兩樣。

認為畢生都是「讀者、購書人、借書者兼藏書家」的這位總統，十分敬重勝利募書運動和其它書籍相關組織，因為他深信圖書是自由的象徵，也是思想戰爭的利器。就在四月十七日被宣告為「勝利書籍日」之後不久，羅斯福發表了一份文告，說明書本為何會在爭取自由的戰爭中扮演重要的角色：

> 我們都知道書會起火燃燒——不過我們更知道書是燒不死的。人會死，書卻不會亡。沒有任何人或和任何力量可以摧毀記憶；沒有任何人或任何力量能夠將思想永遠拘禁在集中營裡；沒有任何人或任何力量可以把書本從這個世界中移除。少了它，誰來幫助人類實踐永恆的戰鬥？誰來幫人類對抗任何型態的暴行？我們全都清楚知道——書是這次戰爭的利器。

藉著勝利書籍日的宣告，康納激勵志工們努力做出最後的一擊，達成一千萬冊的運動目標。圖書館員對於大眾的熱烈反應印象深刻。有關市民和業者加倍付出的故事比比皆是。一位住在紐約中國城的人士不辭辛勞地推著人力車，跑遍間間公寓蒐羅書籍；送牛奶的人也順道收集擺在客戶家門階上的書籍。圖書館員則在顯著的地方張貼追蹤捐書量的記量表，甚至連小孩都加入了。童子軍和女童軍奔走在大街上，在住家附近挨家挨戶地遊說，收集書籍；有個童子軍團更在一天之內收集到一萬冊的圖書。全國各地的募集箱都堆滿了書籍。到了一九四二年的四月底，他們總共募集到將近九百萬冊的書籍。

✵

還差一百萬冊。勝利募書運動決定藉著大部分學院和大學在五月舉行畢業典禮的機會，要求學校捐書來抗議德國的焚書行動——畢竟它是從大學開始的。闡明這個想法的信件被寄到了美國各個學院和大學。信中建議把書堆疊在諸如舉辦畢業典禮的活動中心，這類的顯著地點。它將形成強烈的對比：美國學院收集成堆的圖書捐給軍人，以此來紀念被納粹焚毀的成堆書籍。如果大學想要評論收集書籍的重要性，勝利募書運動則推薦彌爾頓在《論出版自由》（*Milton, Areopagitica*）中的一段文章：「書不全然是死的東西，它包藏著一種和創作者同樣活躍的生命潛力。不僅如此，它還像一個寶瓶，將作者生活智慧中最純淨的菁華保存了起來」。

雖然勝利募書運動的信要到一九四二年的五月初才寄出，還是有許多學校搭上畢業典禮的順風車，舉辦了臨別募書會。計有阿肯色大學（University of Arkansas）、陶格魯學院（Tougaloo College）、丹佛大學（University of Denver）、堪薩斯大學（University of Kansas）、斯克蘭頓大學（University of Scranton）和鮑杜英學院（Bowdoin College）等校共襄盛舉。有些大學更以勝利募書運動的建議為藍圖，來舉辦它們自己的募書儀式，並在當場朗讀彌爾頓的那段文章。

✵

勝利募書運動並不是關注一九三三年五月焚書行動的唯一組織。歷經九個年頭和一次的正式宣戰後，人們對於焚書有了新的看法：它是破壞前的一個預

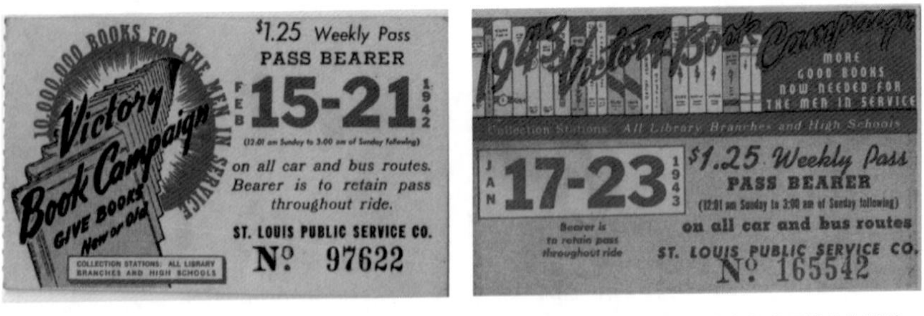

重新設計的聖路易（St. Louis）公車票印有募書運動的標語。而所有的圖書館和學校也都成了捐書收集點。（圖片來源：Author's collection.）

警。在這九年期間，城市被摧毀了，數以百萬計的生命消失了，大規模的破壞如瘟疫般蔓延整個歐洲。如某報紙所評論，「飢餓、強迫勞動、監禁、集中營、手無寸鐵的成群難民，遭到來自上空的掃射屠殺、國民無故被謀殺」——這些都是「人們在書籍灰燼後面看到的景象」。一九四二年最被值得喝采的焚書追思行動便是普立茲獎得主史蒂芬・文森特・貝內（Stephen Vincent Benet）所主持的，名為《他們焚書》（*They Burned the Books*）的電台節目，貝內曾寫過著名的敘事長詩〈約翰・布朗之軀〉（*John Brown's Body*）和短篇小說《魔鬼和丹尼爾・偉伯斯特》（*The Devil and Daniel Webster*）。在哥倫比亞廣播網播出的《他們焚書》很轟動，節目文稿不僅集結成書出版。爾後的四年，節目還不斷地被拿來重播。

《他們焚書》以一段嚴峻的警語作為開場白。「認清敵人。安撫他、原諒他、赦免、寬恕或接受他。透過明智的思辯過程，你將來到德國和它的軸心伙伴們的邪惡、苦難、毫無尊嚴的世界。」節目透過空中頻道重現焚書事件，提醒聽眾九年前在柏林所發生的事。廣播員介紹了幾位著作遭到焚毀的作者，並詳述納粹之所以將他們的書丟進火堆中所持的理由。說到猶太詩人海因里希・海涅（Heinrich Heine），廣播員讀了他的著名詩歌——〈羅蕾萊之歌〉（*The Lorelei*）：

我不知為了什麼，
會這般悲傷，
有一個舊日故事，
在心中念念不忘。

微風料峭而又幽冥，
靜靜吹過萊茵，
夕陽的光輝染紅，
染紅了山頂。

有一位美麗的姑娘，
奇異地高踞高崖，
朝陽映在她的臉龐，
她梳著她的長髮……

〈羅蕾萊之歌〉的歌詞早已深植幾百萬人的心中，燒毀它並不能使之滅絕。於是，納粹「基於集權主義的禮讓……保存了這首歌——但隱匿了（海涅的）名字。」「知名的作者——自一八四二年起。默默無聞的作者——自一八三三年起，」廣播員嘲諷說道：「他們就是這麼對待人道維護者的，他們就是這麼讓維護者繳械的。」

討論完海涅，阿爾伯特・愛因斯坦、西格蒙德・佛洛伊德、湯瑪斯・曼、厄尼斯特・海明威（Ernest Hemingway）、西奧多・德萊賽（Theodore Dreiser）以及其他許多作者的作品之後，廣播員極力主張，只要美國人選擇為它們的保存而戰、為個人心智發展的自由而戰，那麼這些作品就會存活在曾經讀過它們的人們心中。「這場戰爭不僅僅是土地之爭，不僅僅是征服之戰，不僅僅是武力平衡之戰，它還是為了人類心智而戰的一場戰爭。」儘管美國在一九三三年並沒有體認到焚書其實只是希特勒全面戰爭的開始，「我們現在知道了。」廣播員說。這場戰爭是為了那些被焚毀的書籍，為了那些希特勒意圖消滅的聲音，更是為了那些無辜被殺的人民。歷史上並不乏試圖箝制思想自由的例子，但他們之中最窮凶惡極的就屬希特勒了。「我們等你，阿道夫・希特勒。書在等你；阿道夫・希特勒。火在等你；阿道夫・希特勒。萬軍之耶和華在等你，阿道夫・希特勒。」

戈培爾在一九三三年五月那個蕭瑟夜晚所說的話到了一九四二年已開花結果，只不過事情的發展方向沒能如他所願。柏林倍倍爾廣場的灰燼沒有被遺忘，那些灰燼象徵著危如累卵的自由以及軸心國即將帶來的危險。現在，出書量將比以前大，作者將勇於發聲，一隻新的鳳凰將升起：這是集文字、思想、理念和書籍的一支大軍。

❋

就在柏林焚書九周年的那一個月內，勝利募書運動募集到了另外一百萬冊書籍，運動的目標終於達成。全美圖書館員同聲慶祝。心存感激的軍人一再寫信重申一箱書的作用何其大。一封來自非洲的信寫道：「一定要讓你們知道，你們為了鼓舞海外軍隊士氣所做的努力沒有白費……在來到這裡的航海途中，艦上的我們有數千名，（但）你們一定不知道我們感到有多慶幸，有這些書陪我們度過休閒的時光。」

駐紮在阿拉斯加、陸軍航空兵團的一位副官寫信感謝勝利募書運動，沒忘記他們這群遠在天邊的參戰人員。他特別指出，就在他寫信的當下，他們正在閱讀勝利募書運動送來的書呢！「我可以向你們保證，每個人都不勝感激。」寄自羅德島美國海軍基地，一封由艦長所寫的信則說，書都被津津有味地閱讀。當基地人員不准離營時，閱覽室是他們原本就非常少有的一個可以放鬆並沉溺其中的休閒空間。

武裝部隊持續擴張，書籍的需求也隨之成長。許多人認為勝利募書運動不該就這麼停止運作。但它的英雄舉措還不足夠。有兩個問題待解決：書籍的供給枯竭，以及數百萬的武裝男女兵如何輕鬆攜帶書本移動。精裝書用於訓練營圖書館，甚至在軍艦上都還適合，但對那些帶著它們上戰場的士兵來說，卻是一種負擔。

勝利募書運動力圖在一九四三年重新出發。但卻遭到海軍圖書部門主管伊莎貝爾・杜布瓦（Isabel DuBois）的嚴厲批判。杜布瓦掌管近千家海軍圖書館和八家醫院。海軍圖書館藏書裡合格書單的不斷增長令她感到非常困擾。勝利募書運動侵犯了杜布瓦的職權，而她並不喜歡這種僭越。杜布瓦反對一九四二年的勝利募書運動，並極力抗拒一九四三年再辦運動的想法。一九四二年夏天，杜布瓦在接到一批勝利書籍後寫信給康納，告訴他如果這批書是「圖書館員已挑選過樣板書的話，那麼就是對我專業的最大侮辱。這些都是在一九一七、一八年被我淘汰掉的書籍，而且在這二十五年間它們並有沒有變得更具價值。」她又說：「只要一想到它們在運送和處理過程中所造成的巨大浪費，實在令我不知如何是好。老實說，這批贈書值得這般大費周章嗎？你是知道的，我從不認為它們值得，但這次我比以前還更堅信我的看法。」

此運動在政治上也面臨了來自查爾斯・塔夫特的極力反對。塔夫特不願意再繼續資助，他抱怨「它的確沒讓一些政治中間派系留下太深刻的印象。」他更抱怨「相信這與圖書館員取得主席的位置有關。」「我在最初的會議就曾針對雇用圖書館員擔任這項職務是否適合提出我的質疑……如果這只是短期的活動我沒有話說，然而它卻是一項持續性的艱鉅任務，其實我很高興看到它的停擺，除非你們提出的政策能夠讓某位活躍的局外人士來負責主持，並讓這個運動取得各大中間派系的認同。」在一八七〇年到一九〇〇年間，圖書館工作人員從百分之八十的男性轉變為百分之八十的女性，即便執行要職的男性仍占多數，而女性多居副手位置。甚至當勝利募書運動選擇它的主管時，瓦倫也只是「女性圖書館員中的佼佼者」。塔夫特顯然不喜歡由女性主導的團體。在康納和勝利募書運動挺過了資金荒之後，他寫了一封信給瓦倫描述了這場苦難。瓦倫回信說她「很高興不用再和塔夫特打交道！你沒賞他一巴掌然後轉頭就走嗎？他總是滿嘴批評，沒有一點建言。」

✻

一九四三年募書運動所募得的書遠不及一九四二年，其中還包含許多不適合軍隊的書籍。康納做了一些安排，將這些書籍分別送往有需要的組織和地區。身為一個直言不諱的種族平等擁護者，康納不僅送書到日裔美人囚禁營，也請求美軍多送一些圖書給駐派在非洲的美國軍隊。透過基督教青年協會的戰俘協助部門，康納也將書籍送往一些美軍戰俘營（American POW）。因為關於什麼書可以被接受的法令非常繁瑣，所以捐給基督教青年協會的所有書籍都得經過嚴密的挑選。例如，不能有一九三九年九月一日之後出版的圖書，不能有任何有關地理、政治、科技、戰爭或軍隊的書籍，或「任何可能令人起疑的主題書籍」。書本必須是新的，或看起來像新的；不能有前人留下的任何記號、橡皮擦擦過的痕跡；任何猶太作者或「敵國或敵國占領區的流亡者」所寫的，或引述他們作品的書籍都遭到拒絕，因為這類書在德國控制的戰俘營中是不被允許的。

勝利募書運動因此轉而求助於出版公司。單單一九四三年三月這一整個月，勝利募書運動就從芬克與瓦格諾出版公司（Funk & Wagnall）募集到一千五百冊書籍；還有來自哈伯兄弟出版公司（Harper & Bros）的一千五百多冊；道布爾戴多蘭出版公司（Doubleday Doran）的四千冊，諾頓出版公司（W.W. Norton）的兩千冊；普特南出版公司（Putnam）的一千冊以及艾爾弗雷德克諾夫出版公司（Alfred A. Knopf）的一千六百冊等等。這期間口袋書出版公司持續慷慨捐出它的暢銷平裝書，單一九四三年三月，口袋書出版公司就捐給勝利募書運動五千冊的書籍，而在此之前它已經捐出了六萬冊。由於它們比其他出版公司的精裝書來得輕巧，容易在訓練營、醫院及海外流傳，所以深受士兵們的歡迎。

✵

但大眾的捐贈自去年開始步調逐漸減緩下來，於是產生了一個問題：書籍的供應是否應該包含在武裝單位的預算內嗎？在一九四一年到四三年間，陸軍和海軍都曾實驗性地提供雜誌給它的人員閱讀。儘管運動初期總會遇到一些挫折，但向前線士兵配送流行期刊作為他們的娛樂，在當時可是一大創舉。陸軍與海軍最初的構想是先預訂上千本、十四或十五種雜誌，然後分類整理，每種雜誌各取一本綑綁成套裝進一只小紙箱內，再將它們分別寄送到遍布世界各地的單位。陸軍原本預計編制達一百五十名人員的單位寄一套。但實際操作下來就變成每個重達五十和七十磅、內裝有兩百本不同雜誌的包裹，堆積在海外的各個郵件分派中心，而且有的時候一擺就是好幾個月。雜誌泰半未經整理，裝有兩百本不同雜誌的包裹就這樣直接運往某個單位，而同一單位可能在下個月收不到半本雜誌。這種雜亂無章的配送方式讓服役士兵感到沮喪萬分。就如同普立茲獎得主的漫畫家比爾．茅汀（Bill Mauldin）所觀察：雜誌的運抵「很慢而且破損，如果真能抵達的話，」加上「半數的雜誌都有連載，對那些看了起頭卻看不到結局的人來說真是一件痛苦的事。」因為他們收不到下一期的雜誌。幾乎花了兩年的時間，雜誌服務的一些問題才得以解決。

一九四二年重組過的陸軍特殊服務局（Army's Special Services Division），這個負責提供現役軍人提振士氣所需的服務單位，終止了倉促上路的雜誌配送服務。特殊服務局接著在紐約軍用裝載港設了一間巨大的裝配倉庫，他們在那裡接收數以千萬計的雜誌，加以整理並綑綁成套。最初供給的雜誌有：《美國人雜誌》（*American*）、《棒球雜誌》（*Baseball*）、《科利爾礦工雜誌》（*Colliers*）、《偵探故事》（*Detective Story*）、《飛行雜誌》（*Flying*）、《步兵雜誌》（*Infantry Journal*）、《生活雜誌》（*Life*）、《展望雜誌》（*Look*）、《現代螢幕雜誌》（*Modern Screen*）、《新聞週刊》（*Newsweek*）、《全書雜誌》（*Omnibook*）、《大眾機械雜誌》（*Popular Mechanics*）、《大眾攝影》（*Popular Photography*）、《電台新聞雜誌》（*Radio News*）、《讀者文摘》（*Readers Digest*）、《超人雜誌》（*Superman*）、《時代雜誌》（*Time*）和《西部足跡》（*Western Trails*）。

每週供應一次的套裝中包括幾乎各種雜誌各一本；但對於《生活雜誌》和《新聞週刊》這種需求量較大的雜誌則各供應三本（他們在一九四五年又發展出一種叫做WAC〔*Women's Army Corps*〕的雜誌套組，專門配送到海外的醫院和陸軍婦女軍隊〔*Women's Army Corps*〕，套組內包括有普通版的《哈潑時尚雜誌》〔*Harper's Bazaar*〕、《魅力時尚雜誌》〔*Glamour*〕、《好管家》〔*Good Housekeeping*〕、《婦女家庭雜誌》〔*Ladies Home Journal*〕、《麥考爾雜誌》〔*McCall's*〕、《小姐雜誌》〔*Mademoiselle*〕、《個人羅曼史雜誌》〔*Personal Romances*〕、《真誠告白雜誌》〔*True Confessions*〕、《真實故事雜誌》〔*True Story*〕和《婦女居家伴侶雜誌》〔*Woman's Home Companion*〕等）。

首批經過整理的套裝組合於一九四三年五月寄出，雜誌的配給從此變得規律起來，而它們受歡迎的程度也呈三級跳的成長。自一九四三年七月至一九四六年一月期間，分配到現役軍人手中的套裝雜誌數量增加了七倍。由於需求量暴增，其他雜誌也被放入每一套裝組合裡，包括《海外漫畫》（*Overseas Comics*）、《紐約客》（*New Yorker*）、《圖像》（*Pic*）和《熱門組件》（*Hit Kit*）。為了減輕雜誌服務的負擔，出版商皆按成本價出售他們的雜誌。在一九四四年九月，每月一大套一百本的雜誌（以週供應一套二十五本雜誌計算）只需要美金三點八六元。

為了盡可能降低成本，並且配合紙張配給制度，有些雜誌開始實驗性地印製「武裝部隊版」。這種版本通常沒有廣告，使用二十至二十五磅的紙張代替傳統的四十五至六十磅重紙張，還縮小了原有的版面。《新聞週刊》出版了一種名為「戰鬥寶貝」的版本，《時代雜誌》出了「迷你馬版」，還有《紐約客》、《科學通訊雜誌》（*Science News Letter*）、《麥格勞希爾海外文摘》（*McGraw-Hill Overseas Digest*）也紛紛為武裝部隊推出了海外特別版。所有這些雜誌約莫都是六乘八英寸大小，使用類似新聞紙的紙張。而較小的版面確實也省了不少紙，但字體對眼睛來說可真是虐待。《新聞週刊》的戰鬥寶貝版將原有雜誌按比例縮小，內文也因此縮成是七號字字體。熱愛閱讀的桑德森·范德比爾特（Sanderson Vanderbilt）中士開玩笑地說「瞇眼看個幾年的海外迷你馬版《時代雜誌》」鐵定會失明。一位歷史學者也贊同地說道：「即便光線充足，也不可能一次讀太久。」第六本跟進的迷你版雜誌是《週六晚郵報》（*Saturday Evening Post*），它只有三乘四又二分之一英寸大小，比其它的版本都要來得迷你。可說是真正的口袋書。因為尺寸和口袋一般大，內容則是一般文章、小說和漫畫。《郵報》總共配送了一千萬本《紗線》（*Yarn*）給在世界各地服役的男女士兵，它還附上但書，希望讀者看完後能夠自動傳給下一個人。《週六晚郵報》的編輯班恩·希布斯（Ben Hibbs）說，《紗線》的設計靈感來自「一些戰地記者的陳述，他們說美國士兵和水手無論是在紮營或是在掛吊床的時候，總希望手邊有些東西可以閱讀。」而《紗線》就是《郵報》「想要讓我們的勇士過得愉快一點的一種嘗試」，它「代表《週六晚郵報》和後方人民的尊崇和感激之意，所以完全免費」。戰鬥寶貝、迷你馬版和郵報的紗線版都是十分令人驚豔的戰時雜誌——即便放在整個雜誌歷史上也毫不失色。小巧、輕盈又具有娛樂性，難怪這麼受歡迎。

那書籍呢？為何不照做？眼看著激增的、幾無重量的縮小版雜誌頂替了精裝本的供應，大家開始懷疑勝利募書運動是否過時了。如果書本也能依照雜誌的服務模式，提供較小版本書籍的話，那麼陸軍和海軍肯定不想錯過這樣的轉機。

第四章

思想戰的新武器

CHAPTER 04

NEW WEAPONS IN THE WAR OF IDEAS

「出海的頭幾天我們的船就像隻無頭蒼蠅似地四處亂轉。然後我們靜止了下來，拋錨停泊了一整天。最後我們終於和其他船隻會合，於暮色中——那時已離開倫敦五天——慢慢駛進事先安排好的戰術編組，像一片片漂浮拼圖終於拼出一個圖像那樣。到了夜晚，我們已經連站都站不住，而最弱的那些人也病倒了……。

過沒多久，海面平靜了下來……士兵們在早上六點半被喚醒，並在每天早上的十點鐘列隊集合，做一小時的艦上訓練。除此之外，他們整天無所事事，消磨時間的方式不外乎就是到甲板上閒晃，或是在甲板下躺著看書。」

——厄尼．派爾，《前往非洲的艦隊》（Ernie Pyle ,*Convoy to Africa*, 1942）

一九四三年五月，《紐約太陽報》（*New York Sun*）爆出陸軍和海軍不再需要勝利募書運動書籍的訊息。這是武裝部隊第一次計畫自己花錢、每個月訂購五萬冊數十本書籍。並交由自稱戰時書籍委員會（the Council on Books in Wartime）的團體負責印製的這些書籍。根據《太陽報》的報導，「太多數人把自願捐書運動當作是擺脫沒人要的書籍的一個好機會。」《紐約先驅論壇報》（*New York Herald Tribune*）隔天以「群眾運動失敗，陸軍將買書」為標題，接續了這個故事。文章裡說：「陸軍必須自己買書，美國士兵才有書看。」

一直深信一九四四年運動將會再起的勝利募書運動志工，實在無法接受他們現在的工作是失敗的事實。在《紐約先驅論壇報》的文章揭露後幾天，美國勞軍聯合組織便通知勝利募書運動，他們不再提供任何經費給一九四四年的運動。勝利募書運動別無選擇只好關門。帶著沉重的心情並經過長時間的討論後，美國圖書館協會職員投票決定在一九四三年十月一日結束運動。全美志工們都接到一封寄自勝利募書運動總部的信，說明陸軍部決定自行購買數百萬本書籍，不再需要勝利募書運動的幫忙，所以即將結束營運。抓狂的圖書館員紛紛寫信到勝利募書運動。

一位圖書館員要求解釋，為何在書籍需求還難以被滿足的當下要結束這個運動，而且「我們的倉庫也幾乎是空的」。一名氣急敗壞的克里夫蘭圖書員說：「倘若圖書館放棄了它們特有的戰爭責任和機會，可以預期得到它們以後會遭受人們更冷漠的對待。」另一名隸屬於美國商業海運圖書館協會的憤怒圖書館員則寫道：「這次運動所激起的需求顯然還沒有獲得滿足——事實上，（它）絲毫沒有減緩的趨向。」

但這個決定很難駁斥。募集來的圖書的確數量有限，而且經常是一些沒有什麼用處的書籍，是到了該改弦易轍、另起一個可以燒旺的爐灶了：自己印製經過選擇並構思的一些適合男女士兵閱讀的書籍。而書本的設計和挑選一樣重要。在法國、義大利和緬甸等地記錄美軍生活的漫畫家茅汀，曾經嘗試向後方的人們解釋一位步兵每日所面對的艱辛：

下雨時在你家後院挖個坑，坐在坑裡直到雨水升至你的腳踝周圍。濕冷的泥巴澆在襯衫的衣領上。坐在那裡四十八個小時；但，由於你的打盹不會遭致危險，你得想像有一個傢伙潛藏在附近，等待機會要痛擊你的頭或放火燒掉你的家。離開坑洞，把一只手提箱裝滿石頭後提起它，另一隻手握著你的散彈槍，並走在一條你所能找得到的最泥濘的道路上。沒隔幾秒就得臉朝下趴下，假裝有大隕石快速從天而降砸向你。

就這樣走完十或十二英里路後（切記——你還提著散彈槍和手提箱），開始潛行通過潮濕的灌木叢。想像有人在你的前進路線上暗藏著一踏到就會咬死你的響尾蛇。給朋友一把步槍，要他每隔一陣子往你的方向開槍。

四處巡視直到你發現一隻公牛，試著找一條能潛行靠近而不被牠發現的路徑。如果你被牠發現就拔腿而跑，直奔回你家後院的坑洞。卸下手提箱和散彈

> 槍然後再蹲進去。如果你每隔三天重複一次這樣的演出長達數月，你就會漸漸了解，為何步兵有時候喘不過氣來；但你還是無法理解，當真正遇到困難時，他有什麼樣的感覺。

只要是步兵或是接近前線作戰的人，都想把不需要的東西從背袋裡面掏出來。「你檢視所有的東西，嘗試找出還有什麼可丟的，讓（你那）起水泡（雙腳）的負擔能減輕一些。」茅汀說。甚至連防毒面具也常被順手丟棄，因為人們太急於減輕他們的負重了。所以精裝書要能逃過最後的篩檢才怪呢。就如雷爾夫・湯普森中士（Sergeant Ralph Thompson）的諷刺，如果「你看得見一名步兵的普通行李裡面都裝些什麼，就會明白為什麼他不跑去買幾本厚達一千頁的歷史小說裝進去。」

但他們還是渴望閱讀。陸軍的報章雜誌，例如《星條旗報》（*Stars and Stripes*）和《陸軍週刊》（*Yank the Army Weekly*），總不乏有人看得津津有味。每當有國內雜誌套組抵達馬上就會被拿走、翻到爛熟，然後再傳給排在他後面的傢伙。茅汀說：「前線士兵連口糧包裝盒上標寫的內容物都讀，只為了找點東西看。」他們需要書——但不是精裝書。陸軍和海軍需要的是大小適中的羽量級圖書。

平裝書似乎就是解決之道，不過它卻未能獲得所有出版公司的青睞。戰爭（尤其是配給制度）帶動了一股放棄精裝書擁抱較小平裝書的風潮，它們大多由一些新的平裝書出版社和出版商印製。這個轉變來得突然。平裝書一九三九年在全美賣不到二十萬本；但到了一九四三年卻賣出多於四千萬冊的平裝書。一九四〇年代以前的出版業和書商幾乎一提到平裝書就嗤之以鼻。書商拒絕在店裡擺上那些不體面又劣質的平裝書，他們只對看起來莊重且硬邦邦的精裝書情有獨鍾。

書商和出版商的主要考量來自精裝書的利潤——它的售價是平裝書的十倍左右。平裝書被歸類於廉價商店的品項。總之，出版商一旦受限於配給制度，能拿到手的紙張就大幅削減，而封面所需用到的棉布用量也受到限制（政府需要用棉布來製作偽裝網），於是勢頭就這麼變了。當每家出版社碰到傳統製作書籍所需的紙張和棉布被打折供應時，他們終於意識到再也不能以平常的方式印製出精裝書該有的質量。

美國第一家大量生產平裝書的出版公司，即口袋書出版公司，證明不在傳統書店，而在雜貨店和連鎖平價商店（諸如伍爾沃斯超級市場〔Woolworth's〕）販售的平裝書一樣可以保有豐厚的利潤。一如它的名字，口袋書出版公司使用較少的紙印製較小的書籍。就連最頑固的精裝書擁護者也不得不承認，平裝書較容易克服戰時的種種限制。美國的圖書工業革命於焉產生。《時代雜誌》宣稱，平裝書商業的萌生和銷售量的突破，讓一九四三年成為「美國一百五十年的出版歷史中最值得關注的一年」。

戰時書籍委員會的概念據說是出現在一九四二年二月的一個命定的日子，當普特南森出版公司（G.P. Putnam's Sons）的宣傳部主管查爾斯・布鐵爾（Clarence Boutell）與《紐約時報》的職員喬治・歐克斯（George Oakes）共進午餐時，歐克斯提起《時報》最近重新翻修了位於曼哈頓四十四街的「時代大廳」劇院，它可以用來辦理公益性團體籌畫的一些活動。對書籍是提振士氣和思想戰的主要武器深信不疑的布鐵爾認為，出版商可以聚在時代大廳開個會，討論如何利用圖書幫忙打贏這場戰爭。「文化人應該和製造槍炮以及使用它們的人共同分擔責任。」布鐵爾說道，以確保勝利的到來與和平的永續。這兩位人士同意回去問問他們的同事，是否對這個提議感興趣。

這個想法如雪球般越滾越大。布鐵爾向

因為深知精裝書並不適合前線士兵閱讀，道布爾戴多朗出版公司的麥考姆・詹森於是協助開發了一種適合軍隊閱讀的平裝書，並因而改革了美國出版業的製程。（圖片來源：Author's collection.）

普特南森出版公司總裁梅爾維爾・明頓（Melville Minton）提出報告，後者認為那是個好主意，並建議他們去見道布爾戴多朗出版公司（Doubleday, Doran & Co.）的麥考姆・詹森（Malcolm Johnson），深入討論這個想法。出版業是詹森事業的第二春，他在獲得麻省理工學院的化工學位後，曾花了七年的時間為標準石油公司（Standard Oil Company）在中國主持一個計畫。儘管如此，一接觸到出版業詹森就清楚知道這才是他真正想要的職業。詹森原本在《大西洋月刊》（*Atlantic Monthly*）擔任編輯主任，爾後才到道布爾戴工作，從此他便沒有離開過出版業。因為他是業界名人，所以對於布鐵爾的提議他的意見舉足輕重。幸好詹森喜歡它，後來也說明了他是文字戰的英雄之一。

大出版公司的代表和業界關鍵人物合組成了一個工作委員會。布爾戴被選為這個團體的主席。其他成員則包括詹森、蘭登書屋的唐納德・克洛普弗（Donald S. Klopfer, Random House）；《出版者周刊》的編輯弗雷德里克・梅徹爾（Frederic G. Melcher, *Publisher's Weekly*）；諾頓出版公司的總裁威廉・沃德・諾頓（William Warder Norton, W.W. Norton & Company）；美國書商協會的羅伯特・寇爾斯（Robert M. Coles, the American Booksellers Association）；《紐約時報》的喬治・歐克斯和伊凡・維特（Ivan Veit），以及出版業貿易組織龍頭——圖書出版辦公室的斯坦利・亨尼偉爾（Stanley P. Hunnewell, Book Publishers Bureau）。在一九四二年三月份的會議當中，團體經投票組成戰時書籍委員會，並以「探討書籍在戰時該如何替國家服務」為其成立宗旨。一個星期後他們又舉行了另一次的會議，會中諾頓提議以「在思想的戰爭中，書籍就是武器」為委員會的口號。此舉當場就被採納。成員旋即擴張到超過七十名出版業界代表。

在成立的最初幾個月，委員會活像「一個專找企畫案的委員會」。所有人都知道書籍可以在戰爭中發揮作用，但要如何才能讓它們發揮作用呢？委員會決定將這個議題交由寫作界來討論。一九四二年五月，他們在時報大廳舉辦了一次出版商大會。每位受邀前來的來賓都會先收到一篇由眾委員共同執筆、名為〈書與戰爭〉的短文為此次討論的引子。這篇短文開宗明義地提醒大家現在進行的是全面戰爭，作戰已不再只是「在地面、海面和空中」進行，別忘了還有一個「思想的領域」。還說道：「戰爭迄今為止所採用的最厲害的單一武器」並「不是一架飛機、一顆炸彈或一部重型坦克」——而是《我的奮鬥》。

就是這麼一本書使得一個教育程度高的國家「燒毀了那些偉大，能讓人永保自由之心的書籍」。如果美國志在追求勝利與世界和平，那麼「我們大家就必須比敵人所知所想的更多、更深入。」委員會這麼說。「這場戰爭是書的戰爭……書是我們的武器。」這封公開信的確達到委員會想要的效果。當作家和出版商還在苦思他們在戰爭中的特殊角色時，有關這次大會的消息已經傳開，想來時代大廳共襄盛舉的人數大為增加。由於來信索票欲參加大會的人數太多，以致於許多人向隅。

一九四二年五月十二日這一天，整個時代大廳塞滿了作家、記者、編輯、出版商、政府要角，以及其他自認為對文字印刷、出版自由有責任的人們。一連兩個晚上，他們齊聚在這個屬於圖書的世界裡，討論短文中提及的一些議題。大會主講人助理國務卿阿道夫．伯利二世（Adolf A. Berle, Jr.）在會議開始時就劈頭要求：「各位和書有所瓜葛的人……請仔細思考，該如何賦予書籍它應有的角色。」希特勒已經在思想上開戰，伯利說，「如果作家還可以寫，如果出版商還可以印，如果大學還可以教，這是因為、而且只是因為，有許多人為了信念準備犧牲他們的生命、他們孩子的生命以及他們的所有，來捍衛這樣的權利。」

《紐約時報》專欄記者安妮．歐黑爾．麥考密克（Anne O'Hare McCormick）緊接著上台。她談及只有書籍能解決的三個緊迫戰爭需求：美國人需要書，它能澄清為戰爭所蒙蔽的議題；它能證明一些問題看似無解其實仍然有解；它能強化國家，幫忙度過困境。「表達並啟發美國偉大思想、偉大夢想和成熟穩定目標的書籍，以美國的國家規模而言，就如同發射百萬支槍、駛出千艘船。」麥考密克提高她的聲線說道，以免被如雷的掌聲所吞沒。時報大廳的會議過後，委員會便圍繞著要如何利用電台，以及如何向一般大眾推薦戰爭書籍這兩大主題打轉，他們考慮了幾個不同的方案。首先是求助於電台。委員會先把焦點擺在大後方，製作了一系列的節目，詳述有哪些書可以澄清遭受戰爭威脅的價值，並且激發公眾討論國家究竟為何而戰以及如何取得等議題。這些節目裡——〈書即子彈〉、〈戰鬥文字〉、〈比劍厲害〉、〈文字交鋒〉——有關於書的討論、作家訪談，亦或書籍廣播劇。

在播出的數百集當中，最轟動的莫屬取材自賽爾登．梅尼菲的《美國剪影》（Selden Menefee, *Assignment: U.S.A*）的「文字交鋒」。梅尼菲不把焦點放在「戰爭如何促進目標一致、國人的團結」上，他大膽地揭露，當後方還有許多不公平和社會衝突發生時，為民主自由而戰不啻是虛偽的。《美國剪影》廣播劇引領它的聽眾一起坐火車漫遊美國，穿插梅尼菲對於他在美國一些城市目睹的問題所做的評論。勞工問題、孤立主義、偏見、種族主義、反猶太主義——毫無遺漏。事後證明它是那個年代最具爭議的廣播節目之一。

這個節目在一九四四年二月二十二日的晚上十一點半開播（某製作人還曾抱怨過這個時段要播給誰聽）。一位播音員解釋，聽眾會想要聽聽梅尼菲和全美各地人士的談話，以及他對所見景象的描述。第一個造訪的城市是佛蒙特州的伯瑞特鎮

（Brattleboro,Vermont），在那裡一位憤怒的父親不允許他的女兒嫁給愛爾蘭人，「我的女兒從不曾如此自貶過身價。」他咆哮說道。隨後講述者說：「你會在新英格蘭區發現完備的社會階級制度——那是除了南部黑白種族關係外的另一個與美國極不相稱的種性制度。」火車繼續開往波士頓，在那裡，梅尼菲看到一張殘破的愛國海報，上面原本寫著「團結」（United）的兩個字被塗改成「猶太團結」（Jewnited）。「孤立主義、反猶太主義和贊同姑息主義，在波士頓猖獗的程度遠勝於美國其他任何城市。」講述者說。至於在地鐵發送反猶太傳單以及對猶太人暴力相向的現象，講述者則評論說他以為這些事情只有在德國才會發生。

當火車行經南方，講述者在阿拉巴馬州的莫比爾（Mobile, Alabama）稍作停留並觀察蓬勃發展的造船廠，年輕女孩當街攬客，肆無忌憚的男孩搶劫商店和喝酒。那裡的住宅短缺充斥著失業的貧窮家庭，一位當地居民告訴講述者，「只要戰爭一結束，我們就馬上會將他們趕出造船廠、趕出城，趕回他們所屬的豌豆地和沼澤。」火車接著開過密西西比州和路易斯安那州，講述者觀察到「絕大部分的人寧可留下黑鬼，也不要希特勒和東條英機（Tojo）」。「會形成這種爭論想必讓戈培爾感到非常滿意。」他說。當一位地方政治人物被問到「種族問題」時，他堅稱並沒有。「白人至上，而且白人永遠至上。我們早就對華盛頓那群傢伙還有他們的反私刑法案、反人頭稅法案，以及他們在戰爭合同中所簽署的反種族歧視條款感到不耐。」這位政治人物說道。火車緩緩駛過中西部，講述者接著評論：芝加哥黑市盛行，底特律的種族暴動「比他在南方見的情形來得糟糕」；聖路易斯公民購買了破紀錄數量的戰爭債券；而明尼阿波利斯（Minneapolis）這座城市瀰漫著反猶太主義。在西海岸，加州、奧勒岡和華盛頓州的居民們都對食物和住宅短缺、故意曠工、勞工流失和罷工怨聲連連。講述者說，在管理階層指責勞工偷懶放縱的同時，勞工也抱怨管理階層要求的工時過長而工作條件太差，低落的士氣困擾著整個戰爭工廠。每個人都因為住宅、孩童照護和社區公共設施的短缺而怪罪政府。

說完這一切，包括對全美各地的譴責之詞，梅尼菲直接面對觀眾發表演說，說明他對整個美國的綜合印象是「人民都很認真地在打這次的戰爭，儘管某些人正在做某些錯事。」他還提到民意調查顯示，美國人知道他們為何而戰，並且展現出要打贏戰爭、贏得永續和平的堅定決心。梅尼菲總結，美國人普遍認同國家對戰爭所採取的路線，並且願意為自由和平而戰。「美國剪影」成了全國性話題。梅尼菲的敘述和短評觸怒了一些人，不過也有些人認為節目為國內問題的討論注入了一股誠實的清新氣息，而此時報章雜誌更抓緊機會，爭相報導這個頗具爭議性的節目。《綜藝雜誌》（*Variety*）覺得「美國剪影」如果在夜間較早時段播出的話，「聽眾的來電一定會把國家廣播公司（NBC）的電話線燒斷。」節目內容「不但在空中炒得火熱（也）令你的耳朵發燙。」《綜藝雜誌》還說這種節目型態正是我們國家需要的。《紐約時報》則認為該節目是本年度「最大膽、最具震撼力的節目」。

話題一旦傳開，國家廣播公司只好被迫在多數人都能打開收音機收聽的較早時段重播節目。在國家廣播公司的默許之下，當節目重播時有些城市——如波士頓、麻薩諸塞州的春田市（Springfield, Massachusetts）和阿拉巴馬州的莫比爾——是拒絕播出的。根據《時代雜誌》的報導，對於重播節目「波士頓感到不快」，但卻「在節目播出之初……聽到一片要求收聽的聲音。」先不論該節目是否有助於作戰，它確實曝露出新聞自由、自我批判和異議權環境的險峻。節目受歡迎的程度令委員會非常滿意，並為能製作出這種引發大眾關注後方問題的節目萌生成就感。這種節目類型正是委員會想要繼續製作的。

＊

正當委員會的廣播節目還在進行每週數本書的討論之際，有些委員建議，如果推薦給大眾的書籍數量能稍作控制，例如每幾個月一本，效果是否會更好。這個想法後來被提到了執行董事會中討論，並因而產生了另一個遴選團體——「戰爭書籍遴選小組」，它負責提出一些能讓美國人明白他們參戰的原因、什麼價值受到威脅，以及什麼是結束戰爭條件的書籍名單。遴選委員有：《紐約先鋒論壇報》編輯伊麗塔馮多倫（Irita Van Doren, *The New York Herald Tribune*）；《週六文學評論》助理編輯艾米・羅夫曼（Amy Loveman）；《步兵雜誌》編輯約瑟夫・格林（Joseph L. Greene）中校；已退休的海軍上將亞內爾（H. E. Yarnell）；《紐約時報書評》編輯唐納德・亞當（J. Donald Adams, *The New York Times Book Review*）。

遴選委員們會定期開會，先就已被提出的書籍做討論，再從中選出一本冠上「非讀不可」頭銜的書來。一本書只要經五位委員中的四位同意，委員會成員就有義務宣傳此書為必讀刊物——即便它是對手公司出版的作品。當時的出版商必須依賴促銷書本獲取利潤，所以這麼密切地合作，甚至願意幫競爭對手做促銷，這種情形是以前從沒有發生過的。當然實際影響也僅及止於那幾本書的促銷。每一本「非讀不可」的書在封面上都印有一個大大「I」字（I代表Imperative），而各個圖書館和書店也張貼了相關海報，加深大眾對「非讀不可」書籍和計畫的印象。

第一本被冠上「I」字的書籍是在一九四二年十一月選出，由懷特所著的《他們是可以被犧牲的》（W. L. White, *They Were Expendable*，又名《菲律賓浴血戰》）。這本書敘述了當美國受到日本的攻擊時，在菲律賓駕駛魚雷快艇的士兵們所發生的故事。它完全不迴避書名所陳述的意涵，以四名生還者（在未犧牲前原本有六十名）的觀點口述出當時的情形：這些人被認為是可以被犧牲的，而且他們自己也心知肚明。「假設你是一名中士機關槍手，你的部隊正在撤退且敵軍正步步進逼……」其中的一位生還者反問。他繼續說道：

帶隊者領你到一挺射程涵蓋整個路面的機關槍前面。「你留守在這裡，」他這麼告訴你。「守多久？」你問。「這不重要。」他回答，「守著就是！」然後你知道你是可以被犧牲的。在戰爭中，任何東西都可以被捨棄——錢或者汽油或者裝備或者最常見的「人」……他們期望你留在那裡，對著道路掃射直到被殺或被捕，只要能多擋住敵人幾分鐘，甚至能擋上寶貴的一刻鐘。

書評認定這本書是已出版個人戰爭體驗書中最重要的一本。它有資格得到「代表非讀不可的『I』字標記，甚至連陸軍傑出服役勳章都當之無愧」，某家報紙說。

約莫四個月之後，委員會宣布約翰．赫賽的《潛進溪谷》（John Hersey, *Into the Valley*）將會是下一本的「非讀不可」。赫賽在書中轉述了瓜達康納爾島（Guadalcanal）的親身經歷，身為一名戰地記者，一九四二年的十月他跟隨海軍陸戰隊出了趟任務，計畫從日本人的手中奪下馬坦尼考河（Matanikau River）。根據赫賽的描述，他們經長途跋涉後進入一片茂密的叢林，敵人的狙擊手突然開火，日本機關槍來回掃射，迫擊炮也從天而降——尖銳刺耳的嘯聲成為一個短暫且恐怖的預警，警告他們炮彈即將炸開。赫賽目睹了美軍因為來不及架設機關槍而被迫撤退，背負受傷和垂死同袍勉力回到紮營區的景象。《潛進溪谷》沒有過度美化戰爭經歷，它赤裸裸地描繪出了戰場上的真實狀況。

第三本「非讀不可」在一九四三年五月選出——溫德爾・威爾基的《天下一家》（Wendell Willkie, *One World*）。這本書講述了一九四二年秋天威爾基訪問同盟國之旅，並記錄了他對見過的領袖和人物的印象。威爾基呼籲美國人拋開逐漸成形的孤立主義，了解國與國之間必須合作才可能實現和平並繼續維持戰後的和平。第四本非讀不可的書宣布於一九四三年的七月：沃爾特・李普曼的《美國的外交政策》（Walter Lippmann, *U.S. Foreign Policy*）。這本書堅稱美國在一八九八年取得菲律賓以及第一次世界大戰遭致德國侵略之後，因未能重新調整它的外交政策，導致對一九四一年所爆發的戰爭毫無準備，並削弱了它的說和能力。李普曼以一段美國戰爭歷史和外交關係來質疑美國對孤立主義的偏好，並呼籲美國人信守他們對世界的承諾。《美國的外交政策》於一九四三年十月幫李普曼贏得了自由獎（Freedom Prize）。這本書之所以為人所稱道，是因為它不僅讓大眾得以接觸、了解外交政策，並將討論群從幾個小知識圈擴大到數十萬人的參與。

第五本「非讀不可」是約翰．赫賽的另一本《鐘歸阿達諾》（*A Bell For Adano*），這是唯一一本被提名為非讀不可的小說。作者在書中強烈質疑希特勒說美國的異質性是其軟弱的根源的這種宣傳。（戈培爾在一九四一年九月宣稱「今日的美國絕不會成為我們的威脅，要在美國製造一場血腥革命是再容易不過的事。沒有其他國家的種族和社會關係如此緊張。我們在那裡大有可為」）赫賽故事中的英雄是一位義大利裔的美國大兵，他參與了入侵西西里島的作戰，並因為具有共同的傳統而獲得當地義大利人的信賴。赫賽提出的觀點說明了美國武裝部隊在這次世界大戰中占有優勢，因為他們出自文化和種族的大熔爐。事後證明是最後一本「非讀不可」的第六本，於一九四四年九月宣布，是愛德加．史諾的《人民站在我們這一邊》（Edgar Snow, *People on Our Side*）。身為《週六晚郵報》戰地記者，史諾從一九四二年四月到一九四三年夏天這段時間，做了一趟遊歷十七國的旅行。他主要聚焦於俄羅斯、中國和印度的經驗，生動描寫出困擾這些國家的政治、經濟和社會方面的問題。

「非讀不可」這個企畫為何結束的原因不明。當時他們已經開始遴選第七本書，但小組投出兩本票數相同的書籍，而且就此僵持不下，最後選書以失敗告終。戰爭書籍遴選小組在一九四五年的春天選出拉爾夫．英格索爾的《戰鬥就是回報》（Ralph Ingersoll, *The Battle Is the Payoff*），但這本書是暢銷書，如果它已經有幾百萬人閱讀過，那何需再冠上「非讀不可」呢。而就在這個時候，戰爭結束的曙光微微隱現。儘管推薦的書籍不多，然而「非讀不可」企畫是相當成功的。

事實上，戰爭除了造就了好萊塢和電影業外，也有益於閱讀和圖書出版業。美國人在一九四三年的購書量比一九四二年多出了百分之二十五，這歸功於新平裝書形式的成功。此外，美國人也渴望在危險的時候做一些簡單的娛樂。購書量的增加代表購書市場的擴張，正如《時報雜誌》在一九四三年所做的觀察：「書的閱讀和書購買已不再是小撮知識分子的專屬，那是屬於所有廣大的美國識字者在做的事。」書已不再跟財富、地位扯上邊，它們成為了一種普遍的消遣和適切的民主象徵。

✵

委員會的最大成就無關它的電台節目或「非讀不可」書籍。一九四三年它將注意力轉向士兵的圖書需求。出版商了解士兵、水兵、陸戰隊員全都渴望圖書，不過卻痛恨勝利募書運動的笨重精裝書。雖然委員會和勝利募書運動搭上線，並在供書給士兵這件事上提供協助，然而這兩個組織之間的關係從來沒有熱絡過。事實上，當委員會成員，亦即西蒙與舒斯特出版社的李察．西蒙（Richard Simon, Simon & Schuster）與萊因哈特出版公司的約翰．法勒（John Farrar, Farrar & Rinehart）在一九四二年十二月會見勝利募書運動的成員後，法勒曾隱晦地形容那次的會面是一次「相當複雜卻沒有結果的會面」，然後再補上：「我只好口頭來做此次的報告。」我們只能說這兩個組織從沒有實質合作過。

至於在一九四三年初，沒有任何書籍真正符合前線官兵們的特殊需求。它需要經過特別設計。當出版商還在苦思如何實惠地生產小尺寸平裝書的時候，已經有幾個人著手擘劃即將在業界掀起革命波瀾的藍圖。在諮詢過特羅特曼中校（Lieutenant Colonel Trautman）和平面設計師史丹利．湯普生（H. Stahley Thompson）之後，麥考姆．詹森向委員會提出了一個重新改造書本計畫——從裡到外皆需改變。或許計畫本身留給會議的疑問將多於答案，不過還是獲得多數的贊同。「戰士版」於焉誕生。

這種書籍的印製在接下來的數年間仍困難重重。但透過與美國各大出版公司、海軍以及陸軍部的合作，委員會挑戰了這個出版史上最重要的企畫。而這個不斷尋求企畫的組織也終於找到了一個永續的企畫。

第五章

美國大兵抓本書，繼續戰

CHAPTER 05

GRAB A BOOK JOE, AND KEEP GOIN'

親愛的先生：

我衷心感激，萬分感謝你們為軍隊打造的最佳傑作——戰士版書。只要我們一書到手，它受歡迎的程度有如家書，它熱門的程度有如海報女郎——尤其是在圖書不易取得的這個地方，多虧有你們的戰士版書。

——二等兵魏斯（W.R.Wyss）及全體同袍

出版商面對的是一個嚴峻的任務：如何在戰時的物料限制下製作出能運作且適合大量印製的新書樣。首先碰到的難題就是紙張的配給。在一九四三年，出版商分配到的紙料只有一九三九年實際使用量的百分之三十七點五（以重量計）。國家思想戰正開打得火熱的當下，這樣的限制實在令人氣惱。《芝加哥日報》（*Chicago Daily News*）專欄作家就直言：「我們在美國不燒書，我們只是大砍紙張配額。這兩種動機截然不同，但結果卻也相去不遠。」後來政府總算承認戰士版書可歸類在裝備內；循鋁和橡膠必須匯集到工廠製造飛機的方式，政府同意每季生產九百公噸的紙料供印製戰士版書使用。

為了印製出最大的書量，並且確保戰士版書籍可以更貼近軍人的生活形態，委員會採用了史無前例的版式設計和新的印製技術。版式當然必須採平裝書的形式。除了節省空間和重量外，平裝書具有的柔韌特性讓它較容易塞進滿載的行李當中。再來就是縮小每本書的尺寸。一九四〇年代一本標準小型精裝書的尺寸為五乘八英寸，但可厚達兩英寸。戰士版書將會有兩種尺寸：較大的為六又二分之一乘四又二分之一英寸——與擺在雜貨店的大眾市場版平裝書相同——而較小者為五又二分之一乘三又八分之三英寸。

最大本的戰士版書只有四分之三英寸厚，而最小的則少於八分之一英寸的厚度。這種尺寸並不是任意制定出來的。委員會在研究了制式軍服口袋的維度後才確定下來的，較大本的戰士版書能夠擺入士兵的褲袋，同時較小本的也塞得進上衣口袋。就連最長的戰士版書，亦即長達五一二頁的書籍也可以塞進後口袋。較小者的尺寸基本上只有一個錢包的大小，就連前線士兵都能在瞬間將這麼一本書收好或拿出來。

沒有一家印書廠能夠印製如此小本的書籍。為了解決這個問題，委員會轉而求助雜誌印刷廠。這個決定衍生了許多好處。其中最重要的大概就是這些印刷廠的用紙比一般精裝書的紙張薄，如此一來便可確保戰士版書的輕薄要求。多虧了它們的平裝版封面、小尺寸和輕如羽毛的內頁，戰士版書的重量約莫只有精裝書五分之一或者更輕。

由於雜誌印刷廠不是設計來生產口袋大小的出版品的，所以委員會改採「雙聯式印刷」：每個頁面印有兩本書，一在上另一在下，印完後再橫切成上下兩小頁。《讀者文摘》的印刷廠負責印製較小戰士版書，較大戰士版書則交由一些廉價雜誌的印刷廠製作。雙聯式印刷的缺點是，委員會被迫必須兩本書搭配在一起印刷，工作人員得仔細計算頁數、字數和文字的大小，才能配對出頁數相同的兩本書。這是一項既耗時又無趣的繁瑣工作。如果把頁數不相同的兩本書硬湊在一起，較短的那一本就會出現空白頁；這在紙張配給的年代裡無異是褻瀆神明的行為。

事實上，當陸軍在早期的戰士版書上發現空白頁時，它便堅持委員會必須添上一些小傳記、字謎或其他類似的內容。委員會答應在空間許可的範圍內會添加一篇作者的簡介。而在整個處理過程中，令委員會最感痛苦的是，確定少數書籍可被編輯成特定的字數或頁數。經過濃縮的書籍通常會在封面上加註一則免責聲明。

委員會充分了解緊張的戰況和照明條件都不利於閱讀，所以特別製作出不傷眼的書籍。傳統精裝書每行的文字長度有四至五英寸，且頁面的高度大於寬度。至於戰士版書，委員會則是以短邊裝訂，所以它的寬度會大於高度，因此每個頁面可以容下長二又二分之一至三英寸的兩欄文字。據說疲於戰鬥的士兵們認為較短行的文字較容易閱讀。使用兩欄版式的另一好處是每頁還可以多擠進百分之十二的字。完成的原型「小巧、輕盈而且迷人……即便在各種模擬的光線和動作條件下，閱讀完全沒有問題。」委員會在一份企畫備忘錄中提到。

委員會打算盡可能地幫戰士版書設計一個兼顧美感與功能的外觀。與其把精裝版書的護封（書套）圖像直接縮小放到戰士版的較小封面上，不如重新設計書籍封面。於是他們將原書套上的圖像縮小，讓書名與作者名成為封面上最顯眼的重點。封面多採用活潑的色彩和堅固的重磅紙。為了提醒讀者當月還有哪些書籍出版，封底內頁會列出委員會最新的作品名單。而每一本戰士版書的封底都印有簡短的內容摘要。

書籍封面交由康蒙戴羅士公司（Commanday-Roth Company）負責印刷，完成後再分送到幾家負責內頁製作的印刷所。戰士版書會在那裡組合、裝訂，相連在一起的書也被裁切成兩本。儘管典型精裝書採黏貼加車縫的方式裝訂，不過早期戰士版書卻是以騎馬釘的方式裝訂的（根據某家報紙的報導，騎馬釘的方式深受歡迎，因為許多駐紮地的蟲子會吃黏膠，而叢林的濕氣和潮濕的氣候也可能造成黏膠鬆脫或溶解）。戰士版書只要一製作完成，會馬上運往陸軍和海軍所指定的各個配給點。

除了被印製為方便攜帶的尺寸和重量外，為了節省陸軍和海軍的預算，書籍還必

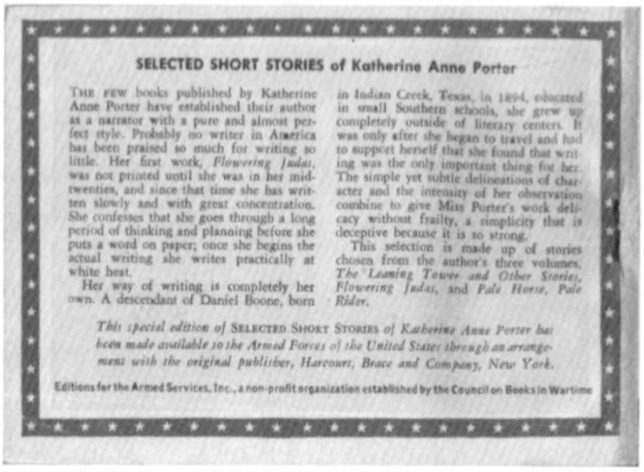

戰爭期間的戰士版書是短邊裝訂且每頁有兩欄文字的版式。直到對日勝利日後戰士版書，如這本《芝加哥小熊隊》（*The Chicago Cubs*）才改為直立的版式。每本戰士版書的封面都有一個原精裝版書的縮小圖樣，封底是此書的內容摘要，而封底內頁則列有該月的書單。（圖片來源：Author's collection.）

須是實惠的。委員會同意戰士版書用成本價，加上與作者和原始出版公司均分的一分錢版稅售予政府。根據委員會的說法，「戰士版書的製作成本可能是在美國製作過的類似書籍中最低的。」在初期，每一冊書的印製成本平均只需略多於七分錢。由於它們是如此轟動，所以每一年都有數百萬冊的追加要求，因而也降低了印製成本至五點九分錢一冊。

✵

在企畫初期，陸軍和海軍要求委員會每月提供每本五萬冊的五十本書——總計共兩百五十萬冊書。百分之八十分配給陸軍，其餘分配給海軍（約略等同於它們的人數比率）。委員會在一九四三年七月與海、陸軍簽署合約時，目標從預定的每月五十本降為三十本，因為印製和編輯所面臨的挑戰令人怯步。

選書共分三個步驟。首先由出版商從他們的庫存書籍名單中挑出士兵們會喜歡的書籍，再來就是交由委員會中一個沒有出版商參與的讀者員工群討論。他們會針對每本書的優缺點提出意見，藉此縮減選書範圍。第三步驟則是尋求政府的贊同，由代表陸軍的特羅特曼中校和海軍圖書館部門主管伊莎貝爾．杜波依斯來做最後的定奪。而陸軍和海軍可以隨時要求印製特定書籍，也歡迎士兵隨時提出意見和回饋。書籍選擇的主要考量就是多樣化。力求每一期都能涵蓋各類書籍，以期當中總有一本能得到某個士兵的青睞。最受歡迎的文類首推當代小說（大約有百分之二十的戰士版書隸屬於這個類型），其下依序為歷史小說、推理小說、幽默集和西部小說。其他類型還包括冒險故事、傳記、古典小說、漫畫、歷史、時事、奇幻冒險、音樂、自然、詩詞、科學、海洋與海軍的故事、自助與勵志書籍、短篇小說集和旅遊書。

委員會對於戰士版書所付出的努力中最值得注意的一個面向是，它所設定的選書衡量標準極為寬廣，且盡量避免對軍人讀物做任何的審核。但這並不代表委員會可以隨意印製任何內容的書籍。一旦出版商縮減完他們的戰士版書可能名單後，委員會的讀者群必須標示出任何可能攻擊美國盟友的言論、會給予敵人幫助和慰藉的文字，與美國民主精神衝突的言論，或者對任何宗教和種族團體、行業、職業不敬的文句。這些指導原則可被自由地詮釋，但它們也的確妨礙了某些書籍的發行。

例如，喬治・桑塔亞那的《人與地》（George Santanyana, *Persons and Places*，一本自傳式作品），雖然它通過了陸軍與海軍的複審，但委員會還是建議刪掉，因為這本書持有「對民主抱持懷疑」的觀點。當珍・格雷的《紫艾灌叢中的騎士們》（Zane Grey, *Riders of the Purple Sage*，一本西部小說，內容述說女主角結識了幾名帶槍牛仔，而他們慫恿她擺脫摩門教會的一些惡魔……）即將付印時，遭到一名讀者的反對，因為它「嚴厲抨擊摩門教徒」。

兩本書都被否決了。委員會一致認為寧可不印，也不要為了要出版而對它動刀修改。後者的審核色彩太濃了，委員會並不想扭曲作者或故事的原意。基於政府是以提振士氣的名義資助這個企畫的，所以大家應該可以諒解，為何企畫沒能自主出版一些有攻擊或歧視特定團體之嫌的書籍。

整體而言，被印製為戰士版的書籍包羅萬象。一位對二次世界大戰的出版有所研究的專家約翰．賈米森（John Jamieson）指出，戰士版書「除了教科書、專業書籍、青少年和女性領域的書籍之外……幾乎涵蓋了所有的書籍。」

「有古典小說（《大衛．科波菲爾》〔*David Copperfield*〕）和莎士比亞的詩詞、現代經典小說（《布魯克林有棵樹》和《大亨小傳》）、西部小說（《斜陽俠影》〔*Sunset Pass*〕和《六發左輪對決》〔*Six Gun Showdown*〕）、推理小說（《哈佛有一兇殺案》〔*Harvard Has a Homicide*〕和《牽扯萬千的凶殺案》〔*The Murder that Had Everything*〕）、傳記文學（《喬治．蓋希文的故事》〔*The Story of George Gershwin*〕和《班傑明．富蘭克林》）〔*Benjamin Franklin*〕）、漫畫與藝術（《阿兵藝術》〔*Soldier Art*〕和《戰士漫畫》〔*Cartoons for Fighters*〕）、運動書籍（《布魯克林道奇隊》〔*The Brooklyn Dodgers*〕和《一九四四年度最佳運動故事》〔*The*

Best Sports Stories of 1944〕）。加上一些和數學（《數學與想像》〔*Mathematics and the Imagination*〕）、科學（《客隨主便》〔*Your Servant*〕和《分子》）〔*the Molecule*〕）、歷史（《共和國》〔*The Republic*〕）、時事（《美國外交政策》〔*U.S. Foreign Policy*〕）相關的書籍。

更有大眾娛樂書籍（《一笑置之》〔*Laugh it Off*〕、《博君一笑的歡樂故事》〔*Happy Stories Just to Laugh at*〕）以及解答疑難雜症的書籍（《非性不可嗎？》〔*Is Sex Necessary?*〕和《當人們遇到問題怎麼辦？》〔*Where do People Take Their Troubles?*〕）。大家各取所需。委員會在解散前出版了約一千兩百本的各類書籍。

對作者來說，只要被選為戰士版書，就等於擁有百萬忠實讀者。有關這些常年被喜愛的書籍之話題就會迅速傳開，甚至在後方引起迴響。斯科特・菲茨杰拉德（F. Scott Fitzgerald）完成於一九二五年的《大亨小傳》，在他有生之年被視為是一部失敗之作，然而這本書在一九四五年十月被印成戰士版之後，便在軍隊中供不應求。士兵對它所發出的讚賞聲傳回了國內，於是《大亨小傳》走出了幾乎被人遺忘的窘境，一躍成為美國人的必讀書籍。

作者在知道自己的作品擠進了戰士版書的出版行列後都感到無限光彩。共同參與創作《我們曾經年少輕狂》的艾米莉・吉姆布倫（Emily Kimbrough, *Our Hearts Were*

Young and Gay）就表示，她和科妮莉雅．歐提斯．斯金納（Cornelia Otis Skinner）「被這個版本選中比被選為每月書籍（Book of the Month）還要深感自豪。」《喬治．蓋西文的故事》（*The Story of George Gershwin*）和《流行音樂群像》（*Men of Popular Music*）的作者大衛．艾文（David Ewen）也說，他的兩本書能出戰士版具有「特別重要的意義」，因為當時的他「就在武裝部隊裡，所以深知一本書對於那些駐紮在遠方，那些既疲倦又寂寞的人們可以帶來多大的慰藉。」

在大衛．賴文德得知他的第一本成人小說《一個人的西部》（David Lavender, *One Man's West*）被選中的時候，他實在為得到這樣的認可而感激萬分。「五萬三千冊耶！我簡直不敢相信這個數字……但我相信，在這五萬三千冊的廣大傳播之下，再版它的平裝書之後，還會出現三版精裝書。」直至今日，該書仍持續印刷中。

每個月被遴選出版的書為一個系列。早期的每個系列都會以一個字母標示，並且每本書都有自己的編號。舉例來說，第一個月所出的書統稱為A系列，第一本至第三十本分別為：A-1、A-2……依此類推。從J系列開始，每月印三十二本書。Q系列則是每月四十本的開始。T系列是最後一個書本上還有「字母－數目」組合標示的系列（雖然委員會的紀錄還繼續以這種「字母—數目」組合的方式標示：接在Z系列之後為AA系列、BB系列……以此類推）；在這之後，每本書上從665號開始只標示號碼。每個系列的書籍印製數量隨著時間穩定地增加；從一九四五年三月出的Q系列開始每本書印有十二萬五千冊，到W系列至Z系列則是增加至驚人的每本十五萬五千冊。

負責管理戰士版出版業務的是菲利普・凡・多倫・史特恩（Philip Van Doren Stern）。史特恩也是口袋書出版公司的前執行編輯，他不但具有平裝書的背景，而且熟悉平裝書業的編輯和印製作業。擺在史特恩面前的任務非常艱鉅，身為委員會戰士版書部門的主管，他必須與五個不同的陸軍與海軍局處、一家紙業公司（巴爾克利丹頓公司〔Bulkley, Dunton, Inc〕）和它的紙漿廠、五家印刷廠、十數家排版公司、戰時書籍委員會的全體成員（本身是出版商，以及經該管理委員會召集而來者）和選書諮詢委員會隨時保持聯繫。即便有十位員工的幫忙，企畫規模如此龐大，管轄事務如此之多，頗令人心生畏懼。事情總是紛至沓來，書籍一個月接續一個月地被選出、印製和發送，每個過程都代表了每一位參與者的心血。然而企畫的推動肯定不會永遠是一帆風順。

例如，在與十幾位商業龍頭印刷廠會商完印刷費用後，委員會決定和其中五家折扣較低的公司合作：他們分別是庫內奧印刷廠（the Cuneo Press）、史崔特與史密斯出版商（Street and Smith）、霍爾公司（the W.S. Hall Company）、倫福德印刷廠（the Rumford Press），以及西方印刷與平版印刷公司（the Western Printing and Lithographing Company）。但到了一九四三年十一月，西方印刷開始有所怨言並揚言將中止合作。陸軍代表直接與西方印刷派來的代表商談，並試著說服公司繼續印製戰士版書。一名沮喪的上校奉勸委員會，最好能夠避免這種插曲，將戰士版書交給政府印製。史特恩後來與西方公司達成協議，被迫多付百分之十的價錢以確保服務不中斷。到企畫結束以前，史特恩還會面臨許多危及戰士版印製的障礙。他變得非常善於應付它們。

A系列書籍於一九四三年九月發送到陸軍和海軍，美國總計共印製了一百五十萬冊的最小尺寸平裝書籍。從想法開始醞釀，「計畫、組織，並付之實際行動」；起草契約、簽署、執行，再加上書籍的印製和發送，都在短短的七個月內完成。這個戰時最佳的協同生產計畫之一肯定會被歷史記上一筆。

❋

就在美國媒體緊迫追蹤一九四二、四三年間的勝利募書運動之際，委員會的戰士版企畫也瀰漫著一股好奇的氛圍。畢竟曾有數百萬人參與過此勝利募書運動，這群人當然也想要多加了解這個取而代之的組織。《新共和》雜誌（*The New Republic*）是首批報導任務交棒始末的刊物之一，它先是說，士兵的閱讀胃口顯然已經大到非勝利募書運動可以應付的程度，因此委員會才會著手印製一些專為軍人準備的平裝書。

文章中提及，委員會每個月會出版多於二十五本的迷你重印書籍，每本印量五萬冊。單單一年就有多於三千五百萬冊的書籍被印製了出來。儘管成績如此了得，《新共和》似乎有意要貶低委員會的作為。「書籍的設計傾向便宜、便利和易破損，」文中寫道。因為印在「輕薄的新聞紙上」，所以重量要來得比精裝書輕；但《新共和》懷疑這種書能撐多久。「就我拿起一本樣書的印象，它像是多讀幾遍就會散掉似的。」文章的作者這麼說道。

委員會忙了好幾個月才創作出這種獨一無二的書籍，然後再將這個新奇的文學玩意以創紀錄的速度衝過生產線。他們當然會對這種貶損的說法感到失望。委員會執行長阿奇伯爾德．奧格登（Archibald Ogden）為了捍衛戰士版書，寄了一封信給《新共和》的編輯。奧格登認為該文「有欠公允」，並直接引述事實來加以辯駁。首先，戰士版書不是印在輕薄的新聞紙上。「戰士版書所選的紙張比新聞紙高兩級，比較昂貴也比較耐久，」奧格登說。至於文章所提，每本書多讀幾遍就會散掉的說法，奧格登估計每本書至少可撐過六個人次的閱讀（如果不被粗魯對待的話，或可供更多人閱讀）。奧格登又說，這個「版本無疑是市場上類似尺寸的平裝書中最強韌的。」最後，說到書的「發展性」，由於戰士版書的印製成本不高，所以會有數百萬冊好書供給駐紮在世界各地的士兵取閱，以一種適合他們所在環境的版式。不管被派往哪裡，每名士兵都可以隨意取得喜歡的書籍，並帶著它出任務，還可以傳給下一位想看的人，直到它壽終正寢為止。而每個月也會有新的補給，用以補充並取代狀況不佳的書籍。

到頭來，《新共和》是唯一表達過這種疑慮的單位，而至於其他的言論則一面倒地稱讚這個企畫是一項偉大的成就。在《新共和》文章發表的數個月之後，《紐約時報書評》登載了一篇戰士版書相關故事，據報導說：「透過美國各出版商和海、陸軍的共同出版安排，將堆積如山的書——好書，包括古典小說、現代暢銷小說、歷史、傳記、科學和詩詞——發送到我們在海外的戰士們手中……這些書籍成捆地由飛機運往安濟奧（Anzio）的灘頭。就在日本的殘存部隊在塔拉瓦環礁（Tarawa）被殲滅過後沒幾天，便有書籍發送到那裡的海軍陸戰隊員手中。它們用降落傘空投到太平洋孤島上的前哨部隊，並大量發送至世界各處位於作戰區後方的醫院；並分送給正要搭船前往海外服役的士官兵們。」

《紐約時報》的故事可從許多來自異域，寄給戰士版作者的信中獲得到證實。李歐・羅斯頓的《海＊曼＊卡＊普＊蘭》（Leo Rosten, H*Y*M*A*N K*A*P*L*A*N）是第一本印製完成的戰士版書（A-1），他接到許多寄自武裝部隊士兵的「感動且令人悲痛的」信件。有一封在他的戰士版印製完成四十年後還會浮現腦際的信這麼寫道：

> 我很感謝你，不僅代表我自己，更重要地，代表我們這群困在鳥不生蛋地球角落的士兵們。我們在白天曝曬、在晚上受凍。我們為何要待在波斯灣附近……沒有人知道。我們只有……可供娛樂的一組乒乓球具——但球拍只有一個。
>
> 上個星期就在我們收到你寫卡＊普＊蘭先生的書。我讀它，從頭笑到尾。有一個晚上我嘗試在營火邊朗讀它，士兵們群起嚎叫，我已經好幾個月沒有聽過這樣的笑聲了。現在他們規定我一個晚上只能講一個卡＊普＊蘭的故事：歡樂的配給制度。我讀故事會帶口音，希望你不要介意。

❋

一九四三年九月，陸軍和海軍收到第一批送抵的戰士版書，當時領導階層的反應很熱烈。陸軍馬上要求委員會增加每個月的出書量。有鑑於企畫還在它的初期階段，而且每個月三十本的印製，經事實證明已是相當吃緊，所以委員會不敢貿然答應。但就在B系列的三十本於十月中旬準備好要裝運的時候，羅特曼中校要求委員會將原來每本印製的五萬冊增加為六萬冊。委員會依舊沒有做出任何承諾。於是羅特曼在一九四四年一月參加委員會議便提出，戰士版書已經成功運抵，連最遙遠的地點：瓜達康納爾島、波拉波拉島（Bora Bora）以及南太平洋上的許多小島也收到了。羅特曼褒揚它的成功並尋求更進一步。切確一點地說，不是尋求而是命令。委員會得遵循命令，將原來每本每月印製五萬冊的戰士版書數量增加到每本每月七萬七千冊；爾後每本逐月再增加三千冊。

委員會急於想要得知部隊裡的士兵們對他們的期待。雖然戰士版作者已經陸續接獲士兵的來信，但委員會幾乎收不到任何隻字片語。一想到企畫如此龐大，要搞定這些書籍所動用的資源，敵對公司為了實現共同目標而不計前嫌的合作，大家還是希望委員會沒有做白工。待解的問題不少。西部小說是不是太多了點？還是需要更多傳記和歷史書籍嗎？有哪些文類是委員會忽略而需求度極高的呢？戰士版書是否能通過戰爭的嚴峻考驗，還是讀個一遍就解體了呢？委員會成員只盼望這些文學、幽默、傳記、詩詞、非小說和短篇小說的禮物，能如同它們被熱烈催生出來的過程一樣，也能被熱烈地閱讀。

法勒與萊因哈特出版公司（Farrar & Rinehart）的斯坦利・萊因哈特（Stanley Rinehart）發了一封短箋給他的朋友查理・羅林斯（Charles Rawlings），一個《週六晚郵報》的戰地記者，問他是否能提供關於海外閱讀狀況的一些想法。羅林斯在得知委員會對戰士版書的效果毫無概念之後，於一九四四年六月——約莫是戰士版書首次發送到陸、海軍後的九個月，從澳洲的一個前哨站寄來了一封信說明狀況。「到底是怎麼一回事，斯坦利，」羅林斯劈頭就問。「你是說真的沒有人告訴你們這群出版商人，那些柔軟、加寬的迷你重印書幹了什麼好事嗎？他們說，該頒給你們陸軍傑出服役勳章！」

這些因潮濕而捲角、發霉又變軟的書籍上到了前線。因為它們就是長這個樣子的，因為它們可以擺進屁股口袋或順手塞進背包，於是士兵們能夠在從前絕沒有機會看書的地方看書——西南太平洋戰區的情況就是如此。我看過美國大兵……在荷蘭狄亞（Hollandia）搶灘行動後一連三天都帶著它們。那些小鬼頭永遠處在飢渴的狀態……口糧的配給，他們陷在深及屁股、令人絕望的荷蘭狄亞泥沼裡，是的，他們在那裡，守著一架擄獲的日本飛機以防紀念品被盜，或躺在海邊營區的床上或閒逛……靠，都在讀著書。

羅林斯還說起某天開吉普車出去碰到的事情：他看見一大群人圍著隨軍商店，於是好奇地打探了一下是什麼東西引起這股騷動的。「就連冰淇淋攤也沒半個人影，」他說。據傳缺貨許久的打火機隨時都會到貨，於是羅林斯斷定「除了它再也沒有別的東西能夠這麼轟動，我自己也正需要一個打火機。」於是他踩了煞車加入了這場混戰。但吸引他們的東西並不是打火機——「竟是你們的書。」「書到貨了……那些包得緊緊的牛皮包裝紙看似把它們保護得非常好，隨軍商店割開包裝紙後，將它們倒進一個大箱子裡，」羅林斯說道。人群馬上自動排好了隊，那個人呼籲大夥順著次序一個個來。「沒有時間讓你們瀏覽挑選，每個人都隨便抓一本就好走了，大家可以等一下再自己交換嘛！」那個人嚷道。

有個幸運傢伙抓到一本《布魯克林有棵樹》——「拿到這本書的傢伙高興到嚎叫，」羅林斯說。拿到這本書的人得趕快讀完再傳給排在下一位的人，還有許多人等著看呢！「為了快點讀完，他甚至抱著它睡覺。」羅林斯開玩笑地說道。在他搭來澳洲的船上有兩捆戰士版書，羅林斯繼續，「我們讀了整整幸福的二十五天。」船上實在沒有多少事可做，每個人都覺得幸好有它們。他信心十足地保證，委員會的擔心或疑慮都是多餘的。羅林斯在信中勉勵出版商們不要有放棄的念頭，因為兩千萬冊的書離需求還遠著呢。他還說，請不要「因為沒有人稱讚你們做得好而覺得心酸，這種情況他也碰過。」

其他戰地記者也主動寫了一些報導，讚揚委員會的卓越工作表現——在他們刊出的文章或直接寄給委員會的信中提到了書本受歡迎的程度。從一九三〇年起，直到一九五六年都在替《先驅論壇報》寫「書籍相關」專欄記者路易士・根內特（Lewis Gannett），在看到戰士版書的實際狀況後，迫不及待地在專欄中介紹了委員會的種種。作為一位書的堅定愛好者，根內特在他的職業生涯中已經評論過八千本書。他說：「每位書評在歷史的劇院中都占有一個包廂席位，而且那是個令人興奮的座位。」

因為有戰地記者的背景，根內特對戰士版書的評估極具分量，而委員會也樂於知道它贏得了根內特的讚許和尊敬。「從英國的醫院，從諾曼地的黑人部隊，以及……陸軍占領的布雷斯特（Brest）——到處都是你們的書——在前線和部隊後方、在吉普車上、在醫藥箱裡、在飛機上、在基地中……」根內特說。書本在這些單位不僅四處可見，而且受歡迎的程度更留給了根內特深刻的印象。只要是閒暇時，士兵們隨時隨地都在閱讀。根內特說他曾經「見過一名小型單翼機駕駛在一次從雷恩（Rennes）到沙爾堡（Charbourg）、不具危險性的飛行勤務中，竟從身旁抽出一本書，邊看邊開飛機。」他回憶：「有一個師，在將軍營帳的後方，一群軍士和二等兵經常聚在那裡研讀討論——他們值班的時間很長，不過待班的時間又閒得慌，所以他們需要好書。」他還說有「許多在陸軍服役的男孩渴望好的讀物」，因為「這裡多的是閒閒沒事做的寂寞男孩」；至於收到戰士版書的情況，根內特普遍得到的印象是「你們只要看見那些男孩如何貪婪地啃食著那些書，一定會感到非常滿足的。做得好！」

另一位對委員會做出早期評鑑的戰地記者是葛萊塔．帕爾邁（Gretta Palmer）。帕爾邁從《紐約客》雜誌開始他的記者生涯，同時也替《週日世界報》（*The Sunday World*）和《世界電訊報》（*World-Telegram*）寫稿。以勇於對爭論性議題表達想法而聞名的帕爾邁，是不會在任何情況下修飾她的強烈意見的。她曾以戰地記者的身分，花了幾個月的時間在地中海戰區寫了一些輕蔑的報導，批評她觀察到的現象。她坦承自己曾經發表過一些「情緒惡劣的文章，指控那些我認為不對的軍隊和平民組織。」當委員會接到一封來自帕爾邁的信件時，出版商們心想肯定會得到嚴厲的評價。

他們發現和預期完全相反。本著她的批判筆鋒，她寫道：「我理當給你們的委員會擺一個蘭花花圈致敬，我誠心認為，這是我對極力讓士兵的生活好過一些，並做出成果的團體所能想到的最佳致意方式，」帕爾邁很驚訝地發現一名士兵可以「在卡薩布蘭卡（Casablanca）的旅館挑一本戰士版書，帶著它上飛機，再將它留在馬賽（Marseilles）的一家醫院給其他人閱讀。」她觀察到這本書的版式「很適合醫院的病患：它們是我所有見過的書籍當中唯一能讓平躺著的病患舒適閱讀的書。」由於帕爾邁在任務期間曾住院兩次，她個人非常感激在療養時能有戰士版書作伴。帕爾邁說這些書再好不過了，「如果這不是怕僭越的話，我真想代表士兵們說聲謝謝，但至少我可以代表自己，感謝你們為我所帶來的無數歡樂時光。」帕爾邁如是說。

✵

在整個戰爭期間，書本一再接受那些疲憊、厭煩、虛弱士兵們的測試——但它們從沒讓這群人失望過。當一九四四年的腳步接近時，委員會提供鼓舞士氣書籍的任務又接受了一次空前的考驗。同盟國準備發動一次最為精細且等待許久的攻擊。

第六章

膽識、勇氣和英勇無比

CHAPTER 06

GUTS, VALOR, AND EXTREME BRAVERY

「我剛聽說有超過三千名我們的美國男孩在入侵法國的頭十一天裡陣亡。

誰陣亡了？容我告訴你誰陣亡了。

才在幾年前，一個男孩安睡在他的嬰兒床裡。到了晚上突然雷電交加，他醒了，因為害怕而嚎啕大哭。他的母親進來幫他蓋好毯子並說：『不要哭，沒有東西會傷害你。』

他陣亡了……。

還有一個騎著嶄新腳踏車的小孩。他騎經你家，放開他的雙手將晚報捲成一卷，拋到你家門口。你只要聽到門「砰」的一聲，就會從床上跳起來。你說：『哪天我一定要跟這個小鬼好好地談一談。』

他陣亡了。

再來是兩個小男孩。其中一個對另外一個說：『所有的話由我來說，我只要你幫我壯膽。』他們來到你家門口，這位答應負責說話的小男孩說：『先生，你家的草皮需要剪嗎？』

他們一起陣亡了。他們彼此壯膽……。

他們全都陣亡了。

而我懷疑在後方的我們有誰今晚能睡得安穩，除非我們確信扮演好了自己的角色，大家一起——出錢出力並捐出鮮血。」

——貝蒂．史密斯，〈誰陣亡了？〉（*Who Died?*）一九四四年七月九日

同盟國是否會在西歐發動一次攻擊的疑問，終於在一九四三年歲末有了肯定的答案，不知道的只是在何時，在何地。德國面臨了廣大領土的保衛戰和三條前線的戰爭。一為深入俄羅斯境內，綿延兩千公里的東方前線；橫跨非洲和歐洲，長達三千公里的地中海戰線。此外，在西歐還有一條六千公里的前線亟需德軍的防衛。幾千名美國人準備出他們這次的死亡任務時，會將戰士版書塞進他們的上衣口袋和屁股口袋裡。

在此同時，希特勒則指揮他的宣傳機器對準美國士兵，作為入侵的準備。一個美國人的聲音成了德國最厲害的武器之一。被美國士兵暱稱為「柏林騷貨」的軸心國莎莉由米爾德麗德．吉拉斯（Mildred Gillars）所扮演，她是一位出身緬因州並旅居柏林的美國人。戰爭爆發後，她到帝國電台擔任音樂節目主持人，並馬上獲得男性聽

眾的歡迎；他們喜歡她的美國口音，喜歡她以迷人的聲調一口氣說完一段話，也喜歡她所選播的流行音樂。但潛藏在她的口音和音樂背後的是一個設計用來令聽眾喪志的節目。

「哈囉，朋友們，我是米吉，今夜在這裡呼叫世界各地的美國遠征軍，」節目以此開場。然後她會拿一首流行歌曲的歌名來開玩笑：「歐，孩子們，我真不想對你們說，〈把你們的煩惱塞進你們的行囊裡〉（*Pack Up Your Troubles In Your Old Kit Bag*），我知道那麼小的一個行囊裝不了你們這些孩子的所有煩惱……德國人不會遭受打擊。」雖然這個節目與宣傳沾上邊，但它顯然可以搏得士兵一笑。莎莉會不時透露出一些異常的情報訊息，就連最堅定的聽眾也難免地會受其干擾。一天晚上她說：「跟各位在奧爾德本（Aldbourne）第一〇一空降師第五〇六傘兵團E連的弟兄們說聲哈囉。希望你們這群男孩上星期前往倫敦的移防愉快。喔，麻煩順便告訴鎮上的官員，教堂的鐘慢了三分鐘。」她無時無刻地插播一些訊息。幾乎所有喜愛莎莉音樂的美國人一聽到她的實況評論就急著關機。

入侵法國的細部計畫是在一九四四年的春天確定的。這次在夜間發動的戰役以同盟國全員海空攻擊揭開序幕，不僅要重擊法國沿海的德國炮台，並且同時要在海邊炸出可以做之後步兵掩體的彈坑。美國和英國的傘兵部隊將降落在轟炸區的後方，他們的任務是確保各個橋梁和地標可方便隔天清晨的大規模地面侵入。海軍的火炮則瞄準海灘和要塞，抓準時間在裝載著坦克、武器和步兵的坦克登陸艇上岸前五分鐘熄火。工兵和輕炮兵緊跟在第一波步兵之後，而在它的後面還有另一波的士兵和補給品。每個進攻細節都經過編排，時間以分鐘計。這個精心的計畫需要靠同盟國之間以及陸、海、空部隊的完美合作，才能讓每個步驟及時執行完畢，而下個步驟也才能順利進行。

士兵們只要清楚自己面臨的狀況有多危險，就知道生還的機會似乎不大。一名歷史學家解釋：「第一波進攻奧馬哈海灘（Omaha Beach）的美軍，必須先通過尚未被坦克登陸艇炸光的海峽雷區，然後離船上岸……承受從內陸射過來的排炮，接著穿過布滿障礙、機槍和步槍交錯，外加呼嘯的大炮彈和無所不在的迫擊炮，長約一百五十公尺的潮灘。」接下來，美軍將會「陷入三重交叉火力——機關槍和重炮從兩邊過來，輕武器迎面而來，並有迫擊炮從天落下。」帶刺鐵絲網和地雷（德國人在海邊和峭壁總共埋設了六百五十萬顆地雷）正在那裡等著那些還活著，準備出發通過海邊的美軍。士兵們將需要有鋼鐵般的意志和無比的勇氣。

在德懷特．艾森豪將軍（Gen. Dwight D. Eisenhower）的領導下，D日計畫於一九四四年五月三十一日正式啟動，並預計在六月五日進行入侵行動。士兵們在登艇的最後那幾天各自整裝。他們將數十磅的子彈、糧食、額外的武器和其他必需品塞進他們的背包裡。儘管上面建議士兵們不要攜帶超過四十四磅的裝備，但看到有些士兵走路蹣跚的模樣，估算他們的負重超過三百磅。

因為只能在天氣好時進行入侵行動，所以確切的日子是到戰役前夕才能確定。因為曉得有些士兵從抵達英國後到入侵開始前會有一段不算短的等待時間，陸軍特殊服務局開始擔心要如何在等待時期保持軍人的高昂士氣。許多士兵在等待初期仍保有極佳的精神。即便他們知道德國可能以毒氣來對付他們，而他們將必須穿起難聞的服裝，並替裝備塗上一層防滲透油脂以免芥子氣體的滲透，士兵們依舊處之泰然。一位來自《紐約客》的戰地記者報導說，當一名水手在為鞋子塗抹油脂時，發現有人在注意他，於是開玩笑地大聲說道：「先生，這是我第一次試著要讓鞋子懷孕。」

「你顯然想讓每樣東西都受孕。」另一位也在整理鞋子的水手反譏道。

艾森豪將軍特別重視部隊的士氣。他在回憶錄寫道，「士氣在戰場的重要性無可取代，」艾森豪喜歡透過閱讀西部小說來舒壓放鬆，所以實際上戰場廝殺的士兵們更應如此。考慮到這次任務若要召集全部的兵員需要一段時間，而且等待這種事有的只是無聊和焦慮，艾森豪的參謀採納了陸軍特殊服務局的建議，在作戰準備區分送戰士版書——一人一本。當C和D系列的書籍送至陸軍和海軍時，每一系列約有八千套是特別保留給那些參與D日入侵行動士兵的。

《史帝芬·文森特·貝納特短篇小說選集》（*Selected Short Stories of Stephen Vincent Benet*）、查爾斯·考特尼的《實現冒險》（Charles Courtney, *Unlocking Adventure*）、洛伊德·道格拉斯的暢作品《聖袍千秋》（Lloyd Douglas, *The Robe*）、埃斯特·富比士的《保羅·里維爾》（Esther Forbes ,*Paul Revere*）、約翰·馬昆德的《時光短暫》（John P. Marquand, *So Little Time*）、約瑟夫·米切爾的《麥克索利沙龍》（Joseph Mitchell, *McSorley's Wonderful Saloon*）、瑪喬麗·金楠·勞林斯的《十字小溪》（Marjorie Kinnan Rawlings, *Cross Creek*）、貝蒂·史密斯（Betty Smith）的《布魯克林有棵樹》、查爾斯·史伯丁和歐提士·卡尼合著的《愛在首航》（Charles Spalding & Otis Carney, *Love at First Flight*）、布斯·塔金頓的《男孩彭羅德的煩惱》（Booth Tarkington, *Penrod*），以及馬克·吐溫的《湯姆歷險記》（*The Adventures of Tom Sawyer*）和《頑童歷險記》（*The Adventures of Huckleberry Finn*）都包含在這兩系列的書單當中。除此之外，其他幾十本作品也一併加入在英吉利海峽岸邊的士兵們的行列。

因為有關確切D日發生日的所有細節都是保密的，委員會對於特殊服務局要以戰士版書餵飽作戰準備區的士兵這件事一無所悉。事實上，委員會在一九四四年的五月下旬還因戰士版書「被堆在倉庫內，運往陸軍和海軍的行程延宕」而憂心忡忡，有些成員甚至擔心書籍之所以累積是因為士兵對戰士版書的興趣缺缺。當委員會後來知道隨即發生的諾曼第登陸才是真正的原因時，總算鬆了一口氣；因為陸軍已經真正體驗到書籍對提升士氣的重要性，他們指定了約一百萬冊的書籍準備給要上運輸船的士兵。

五月下旬，特殊服務局將大不列顛的海岸鋪滿了軍人喜歡的物件。一包包的香菸被塞進口袋，手上抓滿了棒棒糖，然而最受歡迎的就是戰士版書。一位特殊服務局的官員回憶，在準備區內的氣氛很緊張，而書本是唯一「能分散注意力的法寶，這是絕大部分的人所迫切需要的。」許多士兵直到登船前一刻，才知道他們所攜帶的物品實在太重了，於是在登上指定的船隻之前，他們得將較不需要的物品丟至附近的碼頭區。地面上散落著各式各樣的東西，但在成堆被丟棄的非必需品當中，「幾乎沒有半本戰士版書被隨後負責清理的清潔小組發現。」因為每本戰士版書只有幾磅重，是所有士兵可以帶著走的武器當中最輕的一種。

所有的人都上船後，船竟然哪兒也沒去——入侵行動尚未宣告（在艾森豪將軍沒有確定天氣、月色、潮水和日出時間都合同盟國的喜好之前，他不會宣布攻擊的日子）。每個人都在等待，除了擔心、祈禱和看書外，少有事可做。四處一片沉寂。在許多人的手上都可以看到一串念珠。根據某位士兵所述，「這是屬於牧師的日子，我甚至看見猶太人前往領聖餐。每個人都害怕死亡。」當士兵們聽到另一位軸心莎莉在廣播中跟他們保證說：「我們正等著你們。」時，一且都破功了。幾乎每個人都擔憂等在他們面前的命運。

第一艘船在六月四日的早上開進了英吉利海峽。但天氣隨即惡化，從原來的毛毛細雨轉變成又冷又粗的大雨。步兵登陸艇和坦克登陸艇的頂上並無遮掩物；艇上的士兵就在全身濕透的情況下被拋過來拋過去；而海面更是波濤洶湧。士兵特別覺得難受。當艾森豪將軍因為天氣險惡而被迫將入侵行動延後一天時，事情沒有轉好，只變得更糟。他不可能以這難以穿透的雲層來當作空軍的掩護體。平底運輸船在翻騰的水中搖晃不已；許多士兵由於暈船，每多等一分鐘臉色就更加蒼白上一分（當有些暈船士兵在最後好不容易抵達法國，看到先他們抵達而卻成了一具具死屍的同僚時，竟脫口說出「他們這些幸運的王八蛋，終於不用再受那種苦了」那樣的話，你就知道這些人當時有多痛苦）。其餘被迫停泊在港口或河道上，不准離開擁擠的運輸船的士兵，也只能邊詛咒邊嘔吐地等待著。

登陸艇上的情況越來越糟，即使事隔多年，許多士兵還會記起那種瀰漫整個甲板、混合著柴油、糞水外流的廁所和嘔吐物的令人作嘔的氣味。士兵收聽廣播來打發時間，如果轉到軸心莎莉的廣播，他們寧可不聽。她擅自將一首流行歌曲〈我雙倍賭你不敢〉（*I Double Dare You*）的歌詞改成了對入侵的恐怖威脅：「我賭你不敢過來這裡。我賭你不敢冒然靠近。脫下你的高帽不要再吹牛，省掉那些廢話別發火。你敢跟我賭嗎？」

多虧有了戰士版書。根據一位陸軍少尉的敘述，「許多士兵對不舒服無感，因為他著迷地閱讀著手中的書籍」。《紐約客》派出的戰地記者李伯齡（A. J. Liebling）也觀察到戰士版書在士兵等待行動的時候，是如何消除無聊和焦慮的。他看見美國陸軍第一步兵師的士兵「散布在步兵登陸艇各處……他們大多在看平裝的戰士版書。」根據李伯齡的觀察；第一步兵師的兵士們鎮定得彷彿只是在趕往下一趟旅程，而不是趕赴致命的入侵行動。就如某名步兵告訴李伯齡的：「這些小書實在了不起，它們讓你忘掉一切。」

當入侵行動將在六月六日的清晨展開的這個指令終於下達時，大家總算鬆了一口氣。就在空降部隊隊員為了夜間任務著裝準備的同時，軸心莎莉也做了一次他們造訪德國陸軍前的最後播音。「晚安，第八十二空降師！」莎莉親自和他們打招呼。「明天早上，我們坦克車的輪子將抹上從你的膽子裡流出的血。」雖然莎莉的言論會造成某些人的困擾，但其他的人大多只是聳聳肩，畢竟她在幾天前才做過相同的奚落。只要一想到海軍和空軍準備將德國的碉堡和海岸防禦工事轟炸成廢墟，而他們可更進一步終結軸心莎莉的威脅時，心中無不倍感欣慰。

❋

在此同時，後方的羅斯福總統於六月五日晚上透過電台廣播，發表了一次重要的談話。他宣布羅馬是軸心國第一個淪陷的首都，並認定這個重大的成就將開啟全面征服軸心國的大門。羅斯福緊接著預告，「有個更大型的戰鬥即將發生，它會徹底擊垮軸心國……我們必須先付出一些努力，度過一場更激烈的戰鬥，才能攻進德國本土，」他說。「勝利離我們還有一段距離，」但總統向美國人保證，「距離會被適時地縮短——沒什麼好怕的。」在恭喜和感謝所有參與義大利行動的人士後，羅斯福總統為他的演說做了總結，「願上帝祝福他們、眷顧他們，並眷顧我們所有的英勇戰士們。」儘管聽眾不清楚他的暗示，但羅斯福總統卻知道在他說出最後這些話的同時，入侵法國的行動已經展開。

六月六日清晨，羅斯福總統花了幾個小時的時間，草擬並背誦一份祝禱同盟國在法國旗開得勝的祈禱文。管制燈火的窗簾已然放下，而總統保持警戒。詳細的入侵報告陸續地傳進白宮，告知總統第一批駁船什麼時候啟程，還有，緊接而來的第一批同盟國軍隊什麼時候登陸。隔天早上，羅斯福總統發送一份他的祈禱文給國會，希望它能夠在國會會議和參議院中被宣讀；祈禱文也刊登在全國報紙上，供全國人民在總統當天晚上的電台演說中和他一同祝禱：

全能的上帝：我們的孩子，也是我們國家的驕傲，在這個日子裡，正為了保衛我們的共和國、我們的宗教和我們的文明，並且為了解救苦難的人類而發動了一次的聖戰。

請以正直和真誠帶領他們；賜予他們強壯的臂膀、剛毅的心和堅定的信念。他們需要祢的祝福，他們的道路將是漫長且艱難的。因為敵人是如此強大。他可能擊退我們的軍隊。勝利並非唾手可得，但我們會反攻再反攻；知道有了祢的祝福和我們的正當性，我們的孩子終將獲得勝利。

……

他們有些人將不再歸來。請擁抱他們，接納他們，天父，請接受祢的英勇子民進入祢的國度。至於後方的我們——海外英勇戰士的父親、母親、小孩、妻子和兄弟姊妹，曾與他們心靈相通並共同祈禱的我們——也請給予幫助，全能的上帝，讓我們在這個大犧牲的時刻重拾對祢的信心。

……

也賜予我們力量——賜予我們日常工作的力量，讓我們可以加倍給予我們的武裝部隊身體和物質的支持。並令我們的心剛毅，撐過漫長的陣痛，承受可能降臨的傷痛，得以將我們的勇氣灌注到孩子的身上，無論他們身在何方。

……

……請帶領我們拯救我們的國家，並帶領我們與我們的兄弟之邦一同進入永久和平的大同世界……讓所有的人都能生活在自由中，摘取他們誠實工作所該獲得的果實。

願祢的旨意奉行，全能的上帝。

阿們。

分別登陸於猶他海灘（Utah Beaches）和奧馬哈海灘的美軍，他們的際遇簡直是天壤之別。猶他海灘的美軍第四師沒有遭逢太大的抵抗，事實上，一些士兵看見登陸行動這麼平淡還覺得有些失望。但在另外一邊，稍早幾波的奧馬哈海灘登陸行動幾乎無人倖存。當運輸船放下跳板士兵開始往外衝的時候，死亡便如雪片般降臨到他們身上。德國機關槍猛烈掃射艦艇，頃刻間殺死了許多的倒楣美國人。

第一波抵達奧馬哈海灘的步兵登陸艇的死亡率幾乎百分之百，沒有人下得了海灘。就連稍後的幾波部隊也在沙灘上橫遭令人痛心的折損。許多士兵都被炮彈嚇到動彈不得，根本無法前進到安全的地方；而躲過死亡彈幕，成功抵達海灘盡頭峭壁掩體的士兵也大多在過程中受了傷。由於已經無路可走，他們那滿是傷痕的身體便撲倒在沙灘上，等待醫務兵的到來。不過我想許多那天稍後爬上海灘的人，絕忘不了傷重士兵撐在峭壁底部看書的那個景象。

＊

在入侵行動的頭二十四小時，有一千四百六十五名美國士兵被殺三千一百八十四名受傷、一千九百二十八名失蹤，還有二十六名被俘。這些數目隨著戰鬥往內地移動而越滾越大。入侵行動進行到了第十一天時，總共有三千二百八十三名美國士兵死亡，而有一萬兩千六百名受傷。

在整個戰爭期間，關於死傷數目的釋出都說是一群沒名沒臉的美國大兵（GI）

死亡了。這困擾著那些仍在奮戰不休的士兵們。首先，許多士兵厭惡「美國大兵（GI）」這個詞。「我們只要聽見GI就想到發行（general issue）的項目，但我們不是用來被發行的，」弗蘭克．特曼中士（Sgt. Frank Turman）解釋道。這個稱謂的第二個問題在於士兵們痛恨它的無名性指涉。「當我們經過罹難弟兄的身旁，我們絕不願叫他們是死美國大兵。當我們再回到家鄉，見到弟兄所愛之人，我們也說不出『你兒子的死只是一名美國大兵死了』這種話。」「每個人都可以是美國大兵。」特曼中士說，「但還是有水兵和海軍陸戰兵等等的區別呀！」

對那些在前線打戰的士兵來說，死去的並非無名無姓之人。它奪走了他們認識且喜愛的生命，那是多大的折磨啊。一名順利躲過猛烈攻擊的飛機駕駛認識他那被擊斃的同組機員；海軍陸戰隊員在兩棲登陸行動中遭逢敵方狙擊手的射擊火力，他們認識他們倒下的朋友；而日本飛行員開飛機俯衝向同盟國軍艦，重創且摧毀它們時，倖存的水兵認識那些殉難者。對戰時的士兵來說，死亡是令人痛苦的私事。雖然他們鮮少論及。許多事情在作戰過程中是不能提及的。士兵都知道戰爭經驗的殘暴——它是不需要被討論的。每一位經歷過戰爭的人都知道它的可怕。心理和情感的包袱逐日累積，但卻少有出口可以減輕他們的負擔。士兵們很少對家人坦言他們的內心感觸。每封家書都需經過檢查，以確保沒有敏感的訊息被洩露出去，怕萬一信件落入敵人的手中。因為每封信都經其他士兵看過，許多人便按捺住這個能和所愛的人訴苦的機會；此外，現役軍人也不想讓他的家人知道他們不快樂的事實，免得家人擔心。因為不能敘述他們的戰役，或分享他們的感觸，所以大部分信件都被簡化成了天氣報告，並流於客套寒暄。

總之，書本的確成為許多士兵的一個宣洩管道。這種無形的功能可以從士兵對某幾本書的反應中獲得充分的證明。其中一位看似不太可能，然而卻廣受喜愛的作者是凱瑟琳．安．波特（Katherine Anne Porter）。波特在她的短篇小說中細膩地揭露了非常私密的個人經驗和情感，讓讀者覺得她理解他們內心最深處的想法和感受。數百名士兵在讀完她的戰士版書後寫信給她：有人描述自己對書中的某個角色如何地感同身受；其他士兵則覺得經過她的散文洗滌，好像被扒下了一層寂寞孤獨的外皮。也因為寫信給觸動自己內心的人，士兵們活化了和書頁間的聯結。這些信件屢屢涉及非常個人的經驗和感情；事實上，一些往往不會跟所愛之人表達的細節，他們都透露給了書籍的作者。

某名士兵珍視波特的戰士版書已達這樣的程度，他不僅在打戰的時候隨身攜帶，還一直留到返家途中。「我們橫越一望無際的太平洋，緩緩往東邁向解甲歸鄉的旅途，我有了機會再次拜讀妳——寫在平裝戰士版裡——的一些小說。帶著一分悠閒，身處在這種久違的景象當中，我們更能夠好好地讀上一段；也因此我發覺自己更加欣賞妳的寫作了。」他說。波特的文章之所以一直吸引著他，是她讓「你我這種困惑的小人物找到了自己在這個世上的定位」，並且抓住了「一些我們活過的人都曾經有過卻又令人害怕的情緒——被拒絕的失落、被愛時的滿足、被虐待後欲將其變成女巫騎坐的小動物般的情緒」。

另一位從波特小說中找到慰藉的士兵寫信感謝她。他十分開心地收到一封波特的回信，她說，她很好奇他是不是在住院，並透露她有多擔心她那個在第九野戰炮兵團的外甥。這名士兵馬上回信承認「很慶幸自己是個病人」，如果波特可能因此與他保持聯繫的話。他住院的最後四個月是因為得了黃疸，也多虧有波特的書供他閱讀。而波特提到她的外甥，不啻幫這名士兵撬開了壓抑許久，對一位朋友的焦慮之情，那位友人也在第九野戰炮兵團服役。「我擔心他勝於擔心我自己；他是一個好人，並且自多年前的非洲登陸後，他已平安度過許多戰役。他的一些弟兄在他的眼前死亡；他的小組在一月間就有五名士兵——他最好的朋友——陣亡，而他自己也中了彈。我心中想著：『親愛的上帝，這樣的事情別人遇到一次就夠受的了，他卻接二連三地碰到。』」這名士兵承認自己深覺「慚愧，在我來到醫院以前寫了一封信（給他的朋友）」，因為就在他的朋友面對死亡之際，他剛走訪義大利，享受了音樂會、歌劇和皇宮的種種，隨後便駐紮在離前線三十英里遠的地方——位在危險區之外。相對於他的朋友，他不像是一名真正的軍人。在向波特做了良心的表白之後，他感覺好多了。

波特在戰爭結束後回想起自己協助某些士兵度過戰爭所扮演的角色。「我自己家中就有三位（士兵），此外還有超過六百封（軍人）的來信，」她說，「如果我料錯的話，請多包涵；從這些信件看來可真是為數不少的部隊。但並非所有人都是寫來讚美的。我會提這個是因為感到驕傲和榮幸，至少有幾名美國大兵覺得我非常了解他們。」

貝蒂．史密斯的《布魯克林有棵樹》大概是戰士版書中最受歡迎的一本。《布魯克林有棵樹》生動地描述了一個讓許多士兵都以為史密斯是在寫他們的童年故事。士兵們一聽聞史密斯發表了一篇名為〈誰陣亡了？〉的短文，便寫信向她要求複印本，因為它說出了他們對死亡的感受。史密斯不斷收到從世界各地寫來的士兵道謝信，感謝她的文章為他們所帶來的一切。

「當我第一次拿起妳的書時，正是我最感沮喪、傷感的時刻。就如那些男孩們說的，」某位中士在寫給史密斯的信上說道。但當他讀了它，「我的精神好到最後我發現自己竟然能隨著書中許多的有趣角色低聲輕笑了起來。」他需要《布魯克林有棵樹》所帶給他的提振作用。他已經沮喪和寂寞長達幾個月之久了，而且沒有任何東西能將他從這種感覺中拉出來，直到有了史密斯的書。「我到這裡八個月以來不曾這麼開心地笑過，」他說。一名在陸軍航空隊服役的士兵則說史密斯的書「讓人想家」，而且這是「我有生以來第一次想家。」

他驚訝於她的文字竟能令他轉變到想去了解家鄉的生活——一個他已然錯過並且希望回歸的生活。但他沒有去信抱怨。「在到陸軍只有短短的一段時間，在讀過各類小說和經典作品後，我只能真摯地說，只有《布魯克林有棵樹》才真正讓我的福杯滿溢。」許多寫給史密斯的信也深表同感。一名在第七百一十六轟炸機中隊服役的士兵，覺得他對史密斯書中的一些角色具有強烈的共鳴，所以他形容《布魯克林有棵樹》是「來自家鄉的一封好信。」

來自醫院，一位士兵寫道，對他而言它是「終止緊張的快樂泉源」，因為讓他想起自己在布魯克林的童年。「對我來說，」他說，這本書好像「讓我又重過了一次童年」。另一名士兵則滿懷希望地說，史密斯或許正在「將另一株文學幼苗栽培成大樹」。至於一名寫給史密斯的出版商則說：「我個人不喜歡讀書，可是生平第一次我有了喜歡看的書，那就是貝蒂・史密斯的小說《布魯克林有棵樹》。」他想知道她還寫了些什麼書。多虧了史密斯，「書是我們這裡少有的娛樂之一。」他說。

就像其他書籍一樣，《布魯克林有棵樹》也平息一些會使得軍人精神緊張的日常煩心事。例如，在 R.H. 寄給史密斯的一封生氣勃勃的信中就敘述了一堆關於惱人室友的故事。R.H. 跟樂天的格斯（Gus）住在一起，有一天他拿了本《布魯克林有棵樹》在 R.H. 面前晃了晃並說：「這是一本好書。」「在格斯的心中每樣東西都是好的，」R.H. 抱怨。「他似乎不知道別的形容詞，什麼都用好這個詞來說。他的女友是個好女孩。《龍種》（*Dragon Seed*）是一部好電影，他的哥們是一位好孩子，B-52 是一架好飛機，今天是一個好日子——只要一打開他的狗嘴，『好』字就吐了出來。」R.H. 說。「因此我咬著牙發誓。」R.H. 開玩笑地說，有天被逼急了一定要揍這個可憐的格斯一拳。「我想得到他從地板上爬起來後一定會笑（沒意識到我真的生氣了）著說，『有你的，好拳，把我打趴了，朋友。』」回到正題：R.H. 說他開始讀《布魯克林有棵樹》之後，發現它竟能消弭他對格斯的怒氣。「我無法形容，真希望我能夠，它是如何影響了我，」R.H. 說。「但我可以確定：從現在開始，若格斯再談起它並稱讚它好的時候，我一點也不會生氣。」

史密斯曾經估算她每天大約會收到四封士兵的來信，折合一年就有一千五百封。而她也幾無例外地全都回了信。當士兵們收到附有史密斯簽名照（一個普通的請求）的回函時，都驚喜不已。這些紀念品當然全成了他們的珍藏。

「當我收到（妳的）來信時，」某位士兵在寫給史密斯的信上說，「我原本以為貝蒂也會像一般名人應付一個小男生那樣，送張聖誕卡片了事，喏，你看，照片上真的是貝蒂‧史密斯本人耶！我到現在仍四處炫耀。我騙那些傢伙說那是我的第一個老婆，因為他們沒有我對妳的照片熟悉。」同一個人從德國帶著史密斯的照片到了比利時，這時一直和史密斯保持聯繫的他，不得不再向她要一張新照片。「我需要另外一張，因為原本的這一張跟著我經歷了雪地、雨水、泥巴和戰鬥，現在它看起來也像打過戰似的。」他說。

來自某間醫院，一名士兵寫道：「謝謝——謝謝——妳的回信。」它來的正是時候，因為他將有「一個難熬的星期要過」。醫院的每一位醫生都希望他截肢。「我不知道割完後他們要拿我的破身體做什麼。倒些肉汁在上面再塞個蘋果在我的嘴巴裡，我猜。」另一位經常寫信給史

寫給貝蒂‧史密斯的感人信中，大力讚揚她的文字不僅幫士兵熬過戰爭，也能適時地帶給士兵歡樂。史密斯大都會給她的粉絲回信，甚至應要求送出簽名照片。（圖片來源：Author's collection.）

密斯的士兵也認為她的照片帶給他極大的安慰。「妳鼓舞了我，幫我度過最難熬的某些戰鬥時日和疲憊（與）抑鬱。」我帶著妳的照片，並記起我所愛的那一位（他的妻子），激勵我為了更美好的未來再繼續戰鬥下去。他還說：「感謝妳的小照片在我面臨可能是人生的最後一站時，給了我所需要的快樂和喜悅。」這位士兵受傷後從醫療單位又寫了信給史密斯，再次強調她為生活所帶來正向的影響。他計畫回家以後和老婆生個孩子，如果是個女孩，他們定要喚她「貝蒂．史密斯」。

史密斯和委員會收到的有關《布魯克林有棵樹》的信件實在太多了，於是委員會決定重印這本書（編號 ASE K-28）。「我認為棒極了，戰士版的《布魯克林有棵樹》將出現第二版，」史密斯告訴一位友人。「大部分的信件都來自海外士兵，而他們全都認為《布魯克林有棵樹》裡的點點滴滴是那樣的真實，完全不像是在讀一本書——就像回到了布魯克林的家一樣。」「有些信讓人熱淚盈框，」她承認。「那群遠離家鄉的軍人如此關心這本書令我十分感動。讓我覺得自己也為這個世界做了點好事。」

羅斯瑪麗．泰勒的《快樂無疆》（Rosemary Taylor, *Chicken Every Sunday*）是另一本意想不到卻深受士兵們喜愛的書籍。《快樂無疆》的故事描述一名青少女，她娓娓道來在母親經營的一家忙碌旅店中，如何伺候一群滑稽人物，供應每晚美味晚餐的有趣經驗。它以健康詼諧的筆調描繪出日常所發生的種種事情，令許多士兵不自禁地多愁善感了起來。

一名陸軍中尉寫信向泰勒表達他的謝意，「謝謝妳帶給遠在新幾內亞（New Guinea）的我、其他軍官和充員兵歡樂。」他說，《快樂無疆》讓他們「意識到他們暫拋腦後的生活方式，重溫了隨時等著我們回去繼承的豐富愉快傳統。」另一名士兵從中國寄信給泰勒，因為《快樂無疆》是他最喜歡的書，而且泰勒描寫她母親作菜的方式讓他想起了自己的母親，「缺乏計量、佐料和時間觀念的作菜方式」為他帶來的家鄉回憶是如此豐富，讀這本書有如開了次小差神遊。

「它帶我回家幾個小時，它舒緩了我的思鄉之情。我不僅真的忘記了戰爭，還笑了，因為我回到了我那棒極的家裡，和所有棒極的人們廝混了好一會兒。」他的唯一抱怨是「關於（她）媽媽烤馬鈴薯、罐頭青豆、沙拉和甜點的描述未免太生動、太誘人了——幾乎超過了有感覺的人類可以忍受的範圍。就連提到冰水都足以讓我們所有的人興奮不已。」他開玩笑地說道。他在信的末尾要求泰勒多寫一些像《快樂無疆》這樣的作品，因為「我們需要」。

寄自阿留申群島（Aleutian Islands）一名叫做班（Ben）的士兵在寫給泰勒的信上說他難以「抗拒這股想寫信告訴妳的衝動，妳的書《快樂無疆》深深擄獲了一名意料之外讀者的心。」事實上，他說，當「我說那是為軍人所寫的作品時，所指的軍人不是一、兩個，因為我看見了它在臨時營房床鋪間四處流竄，並且還聽見一群人在分享文章片段時傳來的陣陣笑聲。」還有就是「來自左右鄰近營房的迴響。」班回憶說道，只要有某個士兵「晚上回營時還難掩情緒，你就知道他一定是在稍早時帶著《快樂無疆》上工了。」這本書無疑地是營地裡最熱門的東西。

根據班所說，因為閱讀是駐紮在阿留申群島的士兵們僅有的少數娛樂之一，他和他的朋友的閱讀口味變得非常刁鑽。班說他和周遭士兵之所以會對《快樂無疆》產生共鳴，是因為書中的某些角色就像「家鄉的傢伙，每名美國大兵在讀過之後……都情不自禁地想起他們在家鄉的一些人。」「謹代表我們這群人，」他說，「感謝妳所帶來的歡樂時光。」「我們期待有更多的羅斯瑪麗．泰勒作品出版。」委員會果真從善如流地印製了泰勒的《漫步彩虹》（*Ridin' the Rainbow*）。

✲

從上述案例我們得知，書本確實在戰爭中扮演了特別的角色。它撫慰了飽受困擾的心靈，並且在極度缺乏娛樂的地方充分發揮了它的休閒功能。有些話，諸如「書是許多面對戰鬥的士兵的救贖恩典」，雖然聽起來奇怪，但從前線傳回的記述卻每每證實了這個事實。正如同某位研究「書在戰時的角色」的學者所觀察到的，士兵心存感激地啃食著書本，因為書「讓他們想起了家人，替他們道出了自己的情緒和想法，礙於吵雜混亂的軍旅環境，他們大都將這個部分擺在心裡沒能說出來。」

書之所以能扮演療癒的角色，是因為士兵可以透過閱讀他人的故事來處理自己的狀況，所以他們會不斷地想要閱讀。當生活乏善可陳無趣至極時，幽默的作品可以惹得他們發笑。而家鄉的生活故事，也讓他們神遊到自己曾經錯過並渴望回歸的地方。透過閱讀，士兵獲取到親近的事物，讓他們得以在戰事中稍作喘息。某位在法國的二等兵就說「書本是美國大兵唯一的逃脫法寶」，並且「我還見到許多以前沒有耐心或興趣讀書的士兵，拿起一本委員會的書讀得津津有味，還問有沒有其他的書可讀呢。」

特羅特曼中校試著了解為何書本會受到士兵們的歡迎？他說，二次世界大戰的一般士兵都是接受過十一年級教育的平民百姓，而他們之前所看的書大都侷限在學校教科書這個範疇。絕大部分的軍人不曾踏進過他們家鄉的社區圖書館，而他們的閱讀習慣偏重於「每星期只讀相當於三百書頁的印刷品」——內容從漫畫到報章雜誌不等。隨著戰爭的進行，這些士兵被派往世界各地，其中包括很多沒有英文書刊可看的地方；有的地方甚至連報紙都付之闕如，每一本雜誌和書籍都必須從幾千英里外的地方運來。除了家書，這些書籍和雜誌也十分可貴，因為它們，士兵們終於能夠一窺已經脫離許久的美國生活。有的士兵只要見到一本英文書，或一本他們甘願為終生讀者的熟悉雜誌，就倍感安慰。

倘若對書本的價值還持有任何疑問的話，那麼一九四四年的夏天將終結這些疑問。那個時候美國人跋涉通過法國抵達巴黎，從太平洋的一個小島蛙跳戰術跳到另一個小島，他們的周遭除了戰爭還是戰爭，所以能夠透過書籍稍做逃避就成了一種慰藉。

第七章

久旱逢甘霖

CHAPTER 07

LIKE RAIN IN THE DESERT

「已經好幾天了，我搜遍了我們的文康中心，詢問了紅十字會，瀏覽了我們的圖書館書架，甚至不死心地找遍了整個營區——所為何來呢？？？？G-183！G-183！G-183！」

——鮑伯·施洛斯中士（Bob Schloss）

就在同盟國軍隊前進巴黎的同時，一個非常不一樣的戰事也在太平洋上開打了。同盟國的軍隊自澳洲正北方出發並往日本海岸前進，他們從日本的手中奪回一個又一個的小島，緩慢地往前推進。駐紮在太平洋的美軍面臨一連串的自殺攻擊，這或許是戰爭中最致命的任務了。如果士兵能在一次的兩棲登陸後倖存了下來，那他必須轉往另一個小島再重來一次，士氣因此變得越來越低落。

隨著時間的過去，日軍的野蠻戰法和島上的惡劣生活環境在在使得整個太平洋區成為一個惡名昭彰的戰場。當士兵們為一座座看似渺小不起眼的海島而戰的時候，許多人會承認他們的確萌生出了一股強烈的孤寂感。這些遙遠的陸地據點都是用眾多生命換來的。許多士兵實在想不透，這些無關緊要的小島有什麼好爭的。

倘若真有那麼一個亟需提振精神的地方，那一定是這些如同地獄般的小島了。為了對抗野蠻的環境及戰爭，娛樂項目和休閒活動是絕對需要的。在入侵行動開始的頭幾天，書本可說是極少數小到士兵能夠隨身攜帶而不增加負擔的一種娛樂。它們被視若珍寶。逃入一本書中，即便幾秒鐘也好，便能對身心產生奇妙的功效。無論有多麼困難，特殊服務局的官員都會盡他們該死的最大努力，儘快將書送達到小島上。

瓜達康納爾島戰役是美國所發動的最初幾場跳島戰役之一，它也是緊接在同盟國中途島（Midway Island）勝利後的一場戰役。日本派了重兵防守瓜達康納爾島——它被一名戰地記者形容為「一個煙霧蒸騰且瘧疾肆虐的『綠色地獄』」，除了有個在戰略上算是重要的簡易機場外，「本身毫無價值可言」。島上的環境非常極端。在經歷一整天的激烈戰鬥後，睡覺變得幾乎不可能。不間斷的轟炸和夜間空襲迫使得那些陸戰隊員彷如承受不規則的漲退潮般，一再地從他們的睡袋中跌撞進傘兵坑裡。

熱帶暴雨淋濕了他們的睡袋，而蚊子大軍像日本人一樣，鍥而不捨地追殺他們。敵方狙擊手在太陽下山後便會蜂擁而至，海軍陸戰隊員不得不徹夜戒備。如果有士兵在伙伴的把風下偷偷打個盹，陪他入睡的催眠曲會是嗡嗡作響的致病蟲子和迫擊炮的擊發聲。「晚上在濕冷且不舒服中度過，白天則在泥巴和污物中度過，」某位士兵說。

小島的情況實在悲慘。一名戰地記者在文章中寫道：「瓜達康納爾島上最可喜的事就是……還活著。」

正當海軍陸戰隊員在島上受苦的同時，近海的美國水兵也沒好到那裡去。一九四二年八月九日，鄰近的薩沃島（Savo Island）嚐到了「所有公平戰鬥中最難看的一次敗績」，日本帝國海軍在三十二分鐘內擊沉四艘巡洋艦並驅逐了第五艘，而自己只蒙受了輕微損傷。接下來的幾個月，美國海軍還陸續遭受重創。瓜達康納爾島戰役在一九四三年二月結束的時候，因為遭魚雷擊中受損或沉入海底的船艦太多，致使瓜達康納爾島、薩沃島和佛羅里達群島間的海域贏得了「鐵底灣」的稱號。

事實證明瓜達康納爾島戰役之後的每場戰役，一場比一場致命。那些從慘烈太平洋戰役中倖存下來的士兵，發覺自己在一九四四年六月又加入了賽班島（Saipan）的入侵行動。第一波抵達的軍隊死傷嚴重。日本人製造了一個假象，讓人誤以為入侵行動很容易，他們先按兵不動，直到陸戰隊的兩棲牽引車來到一千碼內之後，才向美國發動雪崩式的火力攻擊。死傷的士兵布滿了整個沙灘。那些在這次慘烈登陸行動中存活下來的士兵終於嚐到什麼是永無止境的殺戮。在入侵的兩天裡，日本坦克車數度衝過美國的防線，來回壓碾傘兵坑和戰壕。

「當日本坦克嘎嘎開過戰壕頂和散兵坑時，你唯一能做的就是把頭壓得低低的……祈求它們越過你所在的位置，而不是遭履帶直接碾過你的壕坑，」一名海軍陸戰隊員這麼說。「一輛坦克碾過我的坑。」一名嚇壞了的海軍陸戰隊副排長報告說道。等到坦克車經過之後，他「點燃引信，並將整包的炸藥往那該死東西的頂上丟去」。死傷人數節節上升。在這場為時一個月的戰役中，超過一萬四千名海軍陸戰隊員失去了他們的生命，賽班島戰役成了太平洋戰役中截至目前為止最為血腥的一場戰役。

為了安撫緊張、分散士兵們的注意力，不讓他們過於專注周遭的死者，娛樂和休息時間變得非常重要。特殊服務局奇蹟式地在破紀錄的時間之內，設法為每一座島弄來了可以提振士氣的娛樂設施。在美國人首次登上賽班島後不到四天，海軍陸戰隊員就接獲了一整船的書籍。再三天後，一間圖書館已然設立。哪怕只能擠出一丁點的時間——讀一段幽默小品或一節西部小說——短暫分心也大有助益。這是能從恐怖戰爭畫面和潛在危機中跳脫開來的唯一辦法。當戰士版書一抵達，它們馬上被挑走、收好，並帶往戰場。有些書未竟其功。某名在賽班島服役的海軍陸戰隊員寫給委員會分享的信上說道：

歷經了遭敵軍迫擊炮密集轟炸的一個特別難熬夜晚後的早晨……我沿路走著，看見一些往生者被小心地抬上卡車的後座，準備載往師部墓園。我瞧了一眼是否有自己認識的隊員。有六具遺體或仰或臥地平躺在那裡，臥者中有一名金髮的年輕二等兵，他才補進沒多久，全身上下洋溢著一股終於成為前線成熟海軍陸戰隊員的氣息。當我低頭看向他時，我看見一樣令我畢生難忘的東西——他褲子的後口袋半塞著一本黃色口袋版書，顯然他曾在休息的時候讀過。隱現的只有書名——《蜜月往事》（*Our Hearts Were Young and Gay*）。

✵

委員會成員在收到士兵相當依賴書籍的這種訊息時都非常訝異。出版商越來越擔憂自己到底做得好不好。雖然委員會執行這個企畫已經超過一年，並且每個月都有九次的書籍運送，但卻鮮少接獲士兵們的反應。於是委員會向《星條旗報》這家軍方報紙求助，希望登載一則「徵詢來函」的小塊推薦廣告，徵求士兵們的親身體驗和意見。委員會所選出的書還合喜好嗎？士兵們還想看些什麼書呢？戰士版書是否還要繼續出版？士兵們都很樂於提供意見。在他們的軍旅生涯中，他們的想法極少被徵詢；他們通常只被下達命令並服從命令。徵詢他們的想法、重視他們的心聲，讓他們有一點做回百姓的感覺。一袋袋的信件送達了委員會，信上多是對委員會的讚許，要求某些特定書籍，敘述他們在戰火下閱讀的大膽故事，亦或嚴厲批評某一本書。每封信都看過，且大部分也獲得答覆。

許多熱心的來信報告了戰士版書陪伴各地軍人的情況。一名紅十字會區域主管說這「一點都不稀奇，士兵在大排長龍的隊伍中拿出戰士版書閱讀著。他們帶著到戲院等候電影開演；在值勤空檔時閱讀；拿來殺「熄燈」前的幾分鐘；在病房等待接受治療時；在理髮廳苦等時。」一名南太平洋戰區的少校則報告說他們每個口袋都塞有一本戰士版書，「軍人隨身攜帶你們的書，他們在吉普車上，在俗稱水鴨子、鱷魚、黃鼠狼的各式兩棲登陸艇上，在坦克登陸艇上，在平底登陸艇上，在指揮所裡，在休息煮咖啡時閱讀。他說。海軍依賴書籍的程度也不下於那些在陸上的士兵。獨立號航空母艦（U.S.S. Independence）的一名水兵來信說明戰士版書是「如此受歡迎，以致於屁股口袋若沒有塞著本書的話……應視同服裝不整！」「無論前線的空降步兵，或是坐辦公桌的財務部隊，你會發現這些孩子像從沒見過書本般地拚命閱讀。」一名士兵寫自英國醫院的病床上。

許多信都言明戰士版書是這次軍旅生活的最佳收穫。「最後證明，」某陸軍少尉宣稱，「撇開得暫拋腦後的妻子、女朋友以及嚴格的管理，進訓練營並被派往海外的軍旅生活還是有好處的。我指的不是香菸或巧克力棒，」他說，「我說的是你們那鼓舞人心的口袋版書——戰士版書，透過某些人的高尚情操和幽默感、再加上多類型書的選擇，它無疑是最棒的。」另一名士兵則寫道，「我不知道你們是誰，也不清楚你們的組織怎麼成立的……不過我要感謝你們為士兵們提供了這麼多便利的書籍。」一名在印度服役的陸軍中尉寫說：「真是他媽的感謝」委員會「從珍・格雷到柏拉圖無所不包」的出版。寄自義大利，一名美國軍人則說送書給士兵有如替「久旱地區帶來甘霖」。「倘若知道我們許多時間的唯一娛樂、放鬆和精神刺激都來自閱讀，那你就能理解為何『戰士版書』如此受歡迎了。」他說。

任何有過海上長途旅行經驗的士兵都知道，一只戰士版書的箱子作用有多大。一名離開加州前往珍珠港的水兵寫說，他同船的八百位士兵有「六天漫長且疲累的海上生活在前頭等著」，不過當圖書館為戰士版書弄了個箱子後，水兵們「就好像小孩從巧克力盒拿起巧克力般地抓起它們」。「它們在幾天航行中為許多水兵帶來了歡笑和娛樂。」他說。

在戰爭期間，就連艾森豪將軍也喜愛閱讀西部小說來放鬆自己。諾曼地登陸的前一晚，他仍念念不忘要確保在英國登陸準備戰區的美國士兵們有足夠的書籍來安撫他們忐忑難安的心情。（圖片來源：Author's collection）

另一個水兵則寫道，「自我服役以來，還沒有見過任何一樣東西（在各種面向上）比得上戰士版書。」

許多人讚賞委員會的挑書風格，因為每月的發送總是涵蓋許多不同的主題和文類。一名害怕戰士版書只提供諸如珍．格雷的西部小說和泰山系列等基本書款的多疑步兵寫信給委員會，說他「懇求……你們避開這種怪東西」（委員會最後總共出版了幾本格雷的西部小說和兩本泰山書）。另一名士兵則說，基於他們能秉持兼顧「一般軍人的求知慾」之信念，委員會的選書者「應該獲頒獎牌」。

每當士兵們得知有某位受歡迎作家的書被印成戰士版後，都會不惜代價地去追到一本。每本戰士版書的封底內頁都會羅列出當月書目，所以士兵們能自己衡量要讀哪幾本書，然後再遍搜他們的單位把它找出來。「已經好幾天了，我搜遍了我們的文康中心、詢問了紅十字會、瀏覽了我們的圖書館書架，甚至不死心地找遍了整個營區——所為何來呢？？？？G-183！G-183！G-183！」一位士兵大叫。「是的，G-183！」他說，亞倫．史密斯的《圖騰柱上的低等人》（H. Allen Smith, *Low Man on a Totem Pole*），史密斯是這位中士所喜愛的作者之一，所以他央求委員會發送一本給他；甚至不惜付錢買下一本。一名駐紮在英國的士兵則想要《聖袍》和《布魯克林有棵樹》這兩本書，為了找它們，他不但到處找遍，也詢問過特殊服務局，但卻沒能尋獲半本。他附加說：「你們一定想像不到你們的書帶來了多少歡樂時光。」

✵

委員會徵詢書籍相關意見，源源不絕的想法便蜂擁而至，士兵們全都急於尋找喜愛的作家和受歡迎的書籍。各種人、各種品味都來信求取更多的書籍。採樣自這些信函，委員會知道只要繼續在每個出書系列中盡可能涵蓋各類型書籍就錯不了。

某位士兵寫說，許多軍人除了仲馬（Dumas）的小說和巴爾扎克（Balzac）外，還「想要一本《安娜·卡列尼娜》（*Anna Karenina*）」。但他建議「減少歷史小說」，並且「可考慮每月來一本古典小說」。一封由全單位簽名的請願信則要求兩本書：一本字典和阿薩·沃格斯的《塔德·波特》（Asa Wilgus, *Tad Potter*）。《塔德·波特》描述一名年輕人被迫要在「繼續生活於家傳的新英格蘭農場」或「與所愛的女人搬遷到大都市」之間做選擇。在琉球群島（Ryukyu Islands）野戰醫院服務的一位圖書館員，兩次求取《塔德·波特》。這本書「幾乎不需要『推銷』」，圖書館員說。「你只需要翻開第一頁就能引起美軍讀者的興趣，上面寫的是有關一名男孩在春天回家的情節。」另一家醫院則是來函要求多一點戲劇類——莎士比亞、喬治·伯納德·蕭（George Bernard Shaw）和百老匯喜劇等。一名士兵所喜愛的古典小說和戲劇可能是另一名士兵的夢魘。「我只有一點小小的建議，」一位中士寫於大肆讚美委員會的成就之後。「我相信，大部分的人都喜歡小說類，尤其是現代小說，」他說。另一位士兵則說他唯一的抱怨是運動類的書籍不夠多。「我個人偏好歷史和傳記，但根據我的觀察，你們的選書沒有一本不被賞識或遭到輕忽。」一位工兵寫道。

也有很多士兵喜歡閱讀和參戰國有關的書籍。一名在太平洋駐紮過一段時間的下士班長說他到現在才知道，美國人對世界各國的歷史所知有限。他要求委員會幫幫他們，並且印製一些關於遠東文化和歷史的書籍。寄自新喀里多尼亞（New Caledonia）的一等兵告訴委員會，他們雖然印有英國和北美的歷史書籍，但令他失望的是，並沒有關於法國、蘇俄、中國、印度方面的書籍。除了要求印製這些國家的歷史書外，他還呼籲委員會多著墨在「軸心國的近代歷史與人民」上，以便促進「士兵、水兵對我方外交政策和走向的了解」。

士兵們也把渴望委員會的書籍和想求得某特定書籍的心情傳遞給所愛之人，他們在許多信件中大力稱讚委員會的成就，導致一些心急的媽媽、妻子、姊妹和女友也去函委員會，詢問是否可以購買某幾本戰士版書以備不時之需，或充當愛心包裹內容物之用。一名被囚禁在德國的美軍戰俘的妻子，要求委員會送她一本完全符合德國書籍限制規定的書；一名海軍護理人員也寫信給委員會，說明病患有多急於想要收到戰士版書，她在軍隊中的兄弟曾寫信抱怨沒什麼東西可讀，所以請委員會寄書給他。一名細心的姊妹也寫信委員會，轉述她的兄弟告訴過她的，關於迷你版書在駐紮地流行的種種狀況。但他有三本急著要看的書找不著，因此求他的姊妹幫忙……。「他說沒有比那三本書更好的禮物了。」她說。

委員會是這麼回應要求戰士版書的信件的，他們承諾會知會特殊服務局，有哪幾個特定戰區或單位需要書。委員會的職員們很想滿足某些戰士版書的需求，但礙於合約的規定，所有被印製出的書籍都應交給陸軍和海軍。因此當美國財政部想透過借貸關係，要求五百套戰士版書送往澳洲時，委員會拒絕了。

委員會偶爾還是會打破自己的規定。安排美軍住宿在荷蘭家中的威利（Willy）寫信給委員會，談及一名與他同住數週的美國軍官。這名軍官無庸置疑也是喜歡閱讀的——他帶了一堆的戰士版書，但獨缺最喜愛的《人猿泰山》（*Tarzan of the Apes*）。「他下一個月就要過生日了，而我想拿它當他的生日禮物。」威利說。現在唯一的問題是他在荷蘭買不到英文版的《人猿泰山》。威利請求委員能送一本給他，縱使「我知道你們沒有習慣送書給一般平民。」

另有來自澳洲士兵 K.W. 的一個海外要求，他與某個美國單位一起出任務時剛好看到一本戰士版的《盧·賈里格》（*Lou Gehrig*）。「我自己是個熱心的棒球員，」

他說，突然看到這本「超棒的書讓我興奮不已」。雖然他在美軍撤離前將書儘速翻完一遍，但他十分渴望能仔細閱讀讀這本書。「我了解只有你們自己的士兵才有權擁有，」他說，但請求委員會能「割愛一本給我，我將感激不盡。」

像威利和 K.W. 這樣的要求照例都會遭到委員會拒絕，但某人在讀完威利的來信後寫下了一張便籤給菲利普・凡・多倫・史特恩，請他為此「不尋常要求」破個例。威利在一個月內收到一本《泰山》，K.W. 則是收到一個內裝有數本棒球書的包裹。

✵

只要有某本書特別好看的傳聞傳開，就會出現等待名單，用以追蹤有權閱讀的下一位士兵是哪位。那些不耐久候的士兵只好（以幾包香菸、金錢或幾根棒棒糖）賄賂買順位。而委員會也收到大量來信求取士兵們急於想要閱讀的書籍。

一般古典小說、運動故事、現代小說和歷史書的求取已不會引發特別關注，不過某些意見卻在委員會中掀起討論熱潮。一名在西非黃金海岸服役，名為唐恩（Don）的士兵寫信提出一個這樣的要求。唐恩認為《永遠的琥珀》（*Forever Amber*）、《奇異果實》（*Strange Fruit*）和《三劍客》（*The Three Musketeers*，第凡內・賽耶的版本）這類書籍才是士兵們真正想要的。「最常被閱讀的書都具備一個基本的條件——講白一點——那就是『性』，且越多越好。」他說。唐還說至少有三十名士兵在《永遠的琥珀》的等待名單上，而《奇異果實》的名單也差不多這麼長。很多士兵都贊同唐的意見。根據來自阿留申群島的報導，「一群傢伙熱中於閱讀凱薩琳．溫索爾（Kathleen Winsor）的《永遠的琥珀》。」一個單位一本的《永遠的琥珀》或《奇異果實》實難應付它們的高需求量。「你們如果有幸見到一本被翻得稀爛的書，」某位士兵說，「那一定是《永遠的琥珀》。」

像唐恩這種要求在委員會讀者群中引起一陣激盪。首先，波士頓市曾以過於淫穢為由禁賣過《奇異果實》與《永遠的琥珀》。（對某位艦長來說，這正是它的賣點。「我們都很期盼……《永遠的琥珀》，因為它似乎在家鄉引起了一些騷動，」他說。「我們對所有在波士頓被禁的書籍感到非常好奇——有誰不會呢？」）但是，同樣被提及的《奇異果實》卻是一本在後方極為暢銷的書，連愛蓮娜．羅斯福（Eleanor Roosevelt）都讚許它對於某些敏感社會議題的感人處理方式。書中描述一對因法律禁止而無法結合的異族情侶，但女方有了身孕；後來孩子父親遭到謀害，而那次的謀殺又導致了一名無辜者被私行處死。說它是淫穢書籍實在太過於沉重，《奇異果實》不啻凸顯了虛偽生活及不平等的社會議題，人們活在一個徒具民主形式，但政府卻無力讓每一位公民都享有相同權利的環境。不過它也出現包括裸露身體部位和撕裂衣服等腥色誘惑的描述。雖然《永遠的琥珀》是暢銷書，但它講的是關於一名叫琥珀的年輕女子，如何陪睡有錢有勢的人或以嫁給他們為手段，拚命爬上英國上層階級的淫蕩故事。琥珀後來成為查爾斯二世（Charles II）最得寵的情婦，但自始至終她總是貪戀著另一個男人。愛蓮娜．羅斯福可從沒讚許過這本書。

軍人在性方面一向是有挫折感的，但為其印製的書是否要迎合他們好色的喜好，成為委員會員工關注的議題。這個爭議熱烈到史特恩不得不在董事會議中提出，他在那裡公開說編輯委員會的某些委員「對一批……他們認為是垃圾的書籍的批准持反對的態度」。董事會沒有附和編輯委員會的想法：「這些書籍只要能達成目的，不用管它屬於哪一種類型。」董事會議隨後又說：「如果這些書……能夠鬆弛海外男孩子們的緊張情緒，編輯委員會應該很高興給予批准才是。」委員會之後仍堅持它寧爛勿缺的立場，製作各式各樣的讀物供軍人閱讀。美國軍隊為維護自由奮戰，而委員會也強調他們需要有不受約束的權限來印製各類書籍——包括垃圾書籍在內。

唐恩隨後收到一封委員會的來信：「《永遠的琥珀》和《奇異果實》將被印製成戰士版書。全球各地的士兵一定非常感激委員會的這項決定。委員會的獨立選書，以及爭議書的印製贏得了士兵們的尊敬。有些士兵甚至寫信督促委員會，一定要抗拒來自宗教團體或其他組織的壓力，不要動搖了委員會無可挑剔的挑選方式。「不要理會，千萬不要予以理會，無論什麼組織都別想影響你們的選書，」一位步兵這麼呼籲。「如果道德審查會找上你們，請擺出最冒犯的姿態，敵視他們並叫他們閉嘴。」他說。

士兵們其實無須擔心。那些禁書被印製成戰士版書似乎令委員會總幹事阿奇伯爾德．奧格登特別高興，他打算藉此揶揄一家波士頓報紙。他引述這家報紙的標題「波士頓的當兵小子都在閱讀這些可怕的書」，然後說「看來如果一名作者想將他的書擺進武裝部隊的圖書館，必須先被波士頓禁了才行。」

✻

委員會收到的一些震驚信件裡也列舉出了交雜著閱讀與戰爭的感人故事。當士兵們身處絕地且必須保持鎮定時，環顧四周他們所能求助的唯

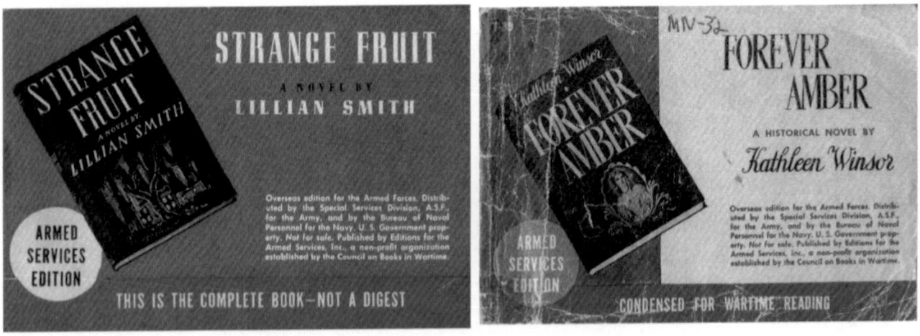

雖然如《奇異果實》、《永遠的琥珀》這類有性愛場景的書遭波士頓所禁，不過它們卻是士兵們的最愛。某位士兵這麼說：「你們如果有幸見到一本被翻得稀爛的書，那一定是《永遠的琥珀》。」（圖片來源：Strange Fruit: Courtesy of the collection of Brian Anderson.Forever Amber: Author's collection.）

一藥方就是他們隨身攜帶的書。一名寄自盧森堡（Luxembourg）的士兵說他才「從那又濕又泥濘，我們稱之為傘兵坑的窄壕溝中爬了出來，吸進了一口不屬於美國的空氣，知道再過幾分鐘我又必須連滾帶爬地潛回去，以防自己被（德軍）不時從天而降的死亡之雨淋到。」這種貓抓老鼠的遊戲他已玩了好幾天了。稍早，新一輪炮彈打向他這個方向，那時他縮在「上有良好掩護、挖得很深的堡壘裡，經過發瘋似地禱告後，藉著軍用手電筒的光，開始閱讀湯瑪士．聖喬治下士所寫戰士版的《由郵政主管轉交》（Cpl. Thomas R. St. George, *C/O Postmaster*）」。「這名下士的經驗讓我保持良好的精神。」他說，儘管空氣裡充斥著死亡的聲音。

一位上校指揮官認為自己有責任和大家分享《布魯克林有棵樹》如何協助他和他的部隊，在敵人的攻擊下保持鎮定的。這名上校指揮一個「輕高射炮兵營」，用來「對付飛機、坦克和人員」。他解釋：

> 我在不久前巡視了一座位置相當險峻的炮台，當德軍開始以八八毫米高射炮攻擊我們時，我剛好在一個火炮掩體裡面。先是聽到炮彈的呼嘯聲，然後等待它們爆炸（在其他的地方——你希望），等待它們真正到來的這段時間令人非常不舒服。然而，我注意到一名士兵就在爆炸中閱讀。我問他在讀什麼，他

回答我們說是《布魯克林有棵樹》。他開始為我們讀出一段「幫嬰兒打扮」的內文，而我們就這麼在爆炸聲中笑得東倒西歪。說來實在可笑。

他們在這次的德國攻擊中全數存活，這位上校指揮官起了想要讀完整本書的念頭。他四出搜尋，想找本《布魯克林有棵樹》，當他終於找到並開始閱讀時，他的單位又再次遭到攻擊。「我們縱隊遭受來自馬路上方樹林的突襲，那可是一整營的德國兵力，所以我們迅速閃進溝渠裡，展開一場激戰。」上校指揮官坦承他不由自主地「想再多讀一些，即便被他們釘得死死的；不過我還是得起身下達指令，因而觸動了在山坡上的他們。」這場戰鬥持續了一整個白日，雖然最後他也受了傷，但弗蘭西．諾蘭（Francie Nolan）和紐約布魯克林的影子始終縈繞不散。「甚至在火力最凶猛的當下，我還想著那本書，」他說；「它就是那麼有趣。」雖然他在戰前並不愛看書（根據他自己的說法，念西點軍校時「除非有命令，否則絕不踏進西點圖書館半步」），但他喜歡《布魯克林有棵樹》。「我坐在戰壕中燈火管制的指揮部帳篷，以萬分感激的心情寫下這封信。」他說。

另一個描述在前線戰鬥的閱讀故事，寫自一位名叫克里森（Christen）的二等兵。克里森解釋，就他等待上戰場之前，基本配給亦即香菸和書籍送到了他的單位和他手上。他隨手拿起一本利頓・斯特拉奇的《維多利亞女王傳》（Lytton Strachey, *Queen Victoria*）讀了幾章，他的單位突然被召喚行動。他們在猛烈的火炮下緩緩前進，並遭「迫擊炮和機關槍的火力困在一處原野。」當子彈從身旁呼嘯而過時，克里森因找不到掩護慌張了起來。死馬當活馬醫的他撲進「看似堅固的一處荊棘樹叢裡，」可惜那裡卻禁不起他的體重而垮掉，他因此重跌進一條深溝裡。克里森在跌落時受了傷，在狹窄的洞裡幾乎無法動彈。他扭動著四肢，感覺到「有塊東西卡在（他的）口袋裡，是《維多利亞女王傳》」。由於知道「上頭打得相當『熱』」──附近「每隔一陣子就有炮彈爆炸」──他除了等它們炸完及援軍的到來外，無事可做。他開始閱讀。「自哀自嘆於事無補，事情不是我所能控制的。」克里森說。他聽到一枚炮彈在離他只有二十五英尺的地方炸開來，感覺到似乎炮彈「也有可能落在自己頭上，而我卻無力改變這個結果。」相反地，他「只能完全隨命運擺布」並翻過一頁又一頁的《維多利亞女王傳》來逃避周遭的一切。這本書鎮定並占領了他的心思，直到爆炸結束而他被帶往一家醫院為止。幾天後，他在病床上讀完了一整本書。

❋

讚許委員會的信件固然不少，但也少不了批評。不過抱怨的辛辣信函或許比那些恭維信更能凸顯出書本之於海外士兵生活的品質與快樂與否的重要性。一個主要困擾戰士版書的問題為它的雙聯式印刷方式。在書籍的裝訂過程中，頁碼標注問題偶爾會發生。缺頁是其中的一個難題；有時候一本戰士版書會缺少超過二十頁以上。一名下士抱怨，他在閱讀約翰．懷特克的《我們都不能逃離歷史》（John T. Whitaker, *We Cannot Escape History*）時，突然發現第二十六到五十九頁全都不見了，而五十九到九十頁則出現兩次。另一名在一本書上已經花了不少時間的士兵向委員會陳述：「如果你們的戰時任務是利用戰士版書來娛樂武裝部隊隊員的生活的話，就我到目前為止的觀察它是失敗的。簡單一句話，我非常生氣。」他說，而且「這還算是客氣的說法」。這位倍感挫折的中士解釋他「氣炸」的原因是，他才剛要進入「這本好小說《瘦小女人》（*The Gaunt Woman*）最精彩的部分，卻發現它至少缺了二十五頁」。他確認「不是被人撕掉的，記好，而是在書本印製時就沒被放進去」。

這本書是敘述了關於格洛斯特（Gloucester）船長的懸疑故事，當他的船「瘦小女人」號為了將魚獲拖上岸，不得不在納粹的潛水艇活動範圍中航行時，一段羅曼史因而展開。這名中士在發現缺頁時是如此激動，在無法得知這個「英雄是要『女孩』還是要『工作成果』」的情況下，他衝動地「把書甩開」。就事論事，他說，他向來不是一個會寫信抱怨的人，但「但像這種好書難求的時候，我覺得你們應該聽聽我這個惹人厭阿兵哥的意見。」他懇求委員會在未來印刷時能多留心，希望不要再發生這種意外，至少對他來說，它造成了極大的「心理折騰」。

相隔不到一個月，同一名士兵又寫了一封信給史特恩，表達他的感謝之意，因為委員會寄給了他一本完整的《瘦小女人》。中士遂感謝委員會送來這本書，並且坦承對自己的壞脾氣感到羞愧。他解釋：「對我們這群被拋在這邊『苦熬』戰爭的士兵來說，時間是身體和心理的一大負擔。」而戰士版書給了他和他周遭的人一個美好的世界。這名士兵認為因為有了戰士版書，他和他的朋友「在戰爭結束之後……不僅能增長見聞，也會變得更有智慧。」

另一個源自雙聯印刷的問題是，一本書的某幾頁可能不經意地跑到另一本書上。名為伯尼（Bernie）的上等兵在寫給委員會的信上舉了一個例子。他的單位最近收到一個戰士版書的郵寄包裹，它經常帶來「許多快樂和滿足的閱讀時光」。伯尼花了一點時間，最後選定班．阿敏．威廉斯的《陌生的女人》（Ben Ames Williams, *Strange Woman*）。這本書講述發生在一名控制慾強烈的女人周邊，一些饒富趣味的故事，她如何預謀對付她的朋友及愛人們，並從中獲取自己的利益，最後卻身陷自己所設的騙局而無法脫身。

伯尼一旦開始閱讀就「幾乎無法把它擱下」；「我變得非常專注。」他說。然而

「令人氣餒的是，整整十六頁不見了」，出現在這個位置上的是「十六頁的《亨利．亞當斯的教育》（*The Education of Henry Adams*）」，也由於太投入，伯尼拚了命地去找《亨利．亞當斯的教育》這本書，想看看《陌生的女人》缺的那幾頁是不是被誤植在其中。結果並沒有。「我之所以寫信，」伯尼說，「是希望你們的組織能糾正這種看似很小的錯誤。」這本書「以目前的狀況看來，沒有一點價值」。

當被告知印刷有誤時，委員會就會急於安撫這些受挫的士兵。而且不顧不送書給個人的政策，委員會在碰到有缺陷的戰士版書時，通常都會被破例處理，即刻寄上一本完整的書，外加一封道歉信。

相對於更正書籍缺頁，一些較主觀的抱怨就很難改進了。尤其對某特定書籍主題的批評更是如此。儘管委員會已經很小心地確保了這些付印書都適合戰爭正在進行的這個事實。但有些士兵對某幾本戰士版書能發送到前線深表不以為然。因此而被激怒的二等兵哈利（Harry）說他已經讀完《北非》（*North Africa*）這本書，並想要「找出誰是委員會中的第五縱隊」。哈利「激烈地」反對它被納入戰士版書，這本書讓他如此震驚，以致於他要求委員會提出解釋：「我們為何而戰？」「委員會有什麼理由要浪費這麼寶貴的紙張去印這麼一本書呢？」哈利問。「如果沒有其他更好的選擇，那麼委員會最好是別印了。」他說。《北非》的主要內容在敘述北非的地理、經濟和它的歷史；其中一段以較正面的觀點描述出一八八〇年代法國在北非的擴張行動，此舉令哈利非常不爽（或許讓他聯想到這與德國在歐洲的擴張行動又有何異）。

威廉．斯隆（William Sloane）代表委員會回答了哈利的來信，並向他保證：「在我們的團隊中沒有第五縱隊的問題，且就我所知，你的來函是我們收到的所有信件中，唯一根據這些理由對此書提出抱怨的。」斯隆答道，委員會員工將會「更加審慎」，並期許哈利要相信委員會所印製的其他書籍應該可以被接受。雖然哈利的來信中大部分內容都在譴責委員會，但斯隆坦承心裡生出一絲的滿足感，因為戰士版書已經做到了大家所期待的一件事，那就是讓美國軍人的求知慾望繼續活絡、成長。

委員會收到一封較為溫和的責難信，信中提及馬克思．布蘭德的西部小說《鐵之審判》（Max Brand, *The Iron Trail*）。在這本書中，一位亡命之徒決定痛改前非，卻在那個時候當地的罪犯搶奪了一家銀樓得手，而遺留下來的線索紛紛指向那位想金盆洗手的亡命之徒。雖然這本書並沒有明顯的親德跡象，但委員會卻收到來信詢問：「難道你們不認為它是一本德國版的每月選書嗎？」縱使戰士版書是「這場戰爭當中最偉大的教育貢獻之一——或許是最最偉大的」，這名士兵懷疑是否有「任何負責的成員在你們的委員會裡」，在《鐵之審判》要印製以前先行讀過。

綜合委員會在《星條旗報》刊登意見徵詢後收到的所有信件，有一個值得注意的現象，那就是獨缺來自陸軍婦女隊和海軍志願緊急服役婦女隊的意見。雖然會有特定雜誌組合發送至陸軍婦女隊和海軍志願緊急服役婦女隊，其中包括《好管家雜誌》（*Good Housekeeping*）和《婦女家庭雜誌》（*Ladies Home Journal*）這類女性期刊，但從沒有半封信函寄自女兵這種現象看來，證實了戰士版書只提供給男士兵。既然書是為面對可怕戰爭的士兵所設計的，是為提振他們的士氣，然而陸軍和海軍可能覺得不需要提供方便攜帶的平裝書給在非戰鬥單位服役的女兵們。更何況這些女兵還有駐地圖書館裡的精裝書可利用。一定有人會感到好奇，如果第二次世界大戰也有女兵參戰的話，那麼除了這一千兩百本的戰士版書籍之外，還會加進什麼書。

整體而言，委員會無須擔心士兵們對戰士版書的評價。就如一名陸軍醫官所說：「除了盤尼西林外，戰士版書是自馬恩河戰役（Battle of the Marne）以來在軍事技術上的最大進步。」從世界各處寄來的信件證明這些書的確發揮它們應有的功能：消除無聊、提振精神、帶來歡笑、重燃希望，並且提供逃避的管道。無論你喜歡糊塗小兵（Sad Sack）漫畫書還是柏拉圖，總會找到一本合你喜好的。每個人都在閱讀。

正如某位士兵所說：「（我敢）以現金賭肉罐頭軍糧，有半數的士兵……以前從沒認真讀過一本書。」但他現在發覺士兵們不僅閱讀，而且還把書頁都讀到「髒得快看不清楚它的印刷了。」即便書本已經很破爛了，士兵們還是抱著他們的寶貝書不放。「把一本書丟進垃圾桶就好像打了你的祖母，是會遭天譴的。」他說。

第八章

審查制度與
羅斯福總統的第……四任

CHAPTER 08

CENSORSHIP AND FDR'S F--TH T--M

「如果關於陸軍能讀些什麼還得交由副官長來決定的話，那我們乾脆加入納粹算了，還打什麼打。」

——《前進報》，維吉尼亞州林奇堡（Lynchburg, Virginia, *Advance*, 1944）

當讚美聲在一九四四年夏天不斷湧進的同時，委員會也在從事一場對抗審查制度的戰爭。雖然委員會選書自有其一套標準（如避免親痛仇快或持有歧視態度的書籍等），但它還是以出版不同觀點的各類書籍為目標。這種開放的態度偶爾也會與政府的立場相違背。一九四三年委員會就因為路易斯．亞當米克的《返鄉》（Louis Adamic, *The Native's Return*）這本書遭到抨擊。問題出在這本書在早年發行的首版中，談到了美國所採取的是一種半共產主義的政府形式。當國會議員喬治．唐德羅（George A. Dondero，密西根州選出的共和黨眾議員）聽聞委員會將提供此書時，他譴責這個選擇並質疑委員會的動機，為何想要發送一本批評民主制度的書給在打戰的美國士兵。結果，《返鄉》在後來的版本中拿掉了有問題的那幾頁。戰士版所發行的就是修訂過的版本。一經修正，所有的爭議都平息了下來。

一九四四年，審查制度的戰爭再起，這次是發生在國會的一次選舉法案的投票中。在允許士兵以不在籍的投票方式參與一九四二年選舉的立法不幸失敗後（當年這場選舉為數數百萬的士兵中只有兩萬八千名完成投票），國會為了那些在武裝部隊服役的士兵，以及其他因為戰時工作需要必須離開家鄉的人們（例如紅十字會的志工），自行擬定了一個方便他們在戰時投票的新草案。而聯邦法律也需要一套統一的選舉辦法，來取代各州為了投票所自行訂定且可能有所衝突的一些規則。

法令的選擇可說是莫衷一是。誠如海軍部長法蘭克．諾克斯（Frank Knox）和陸軍部長亨利．史汀生（Henry Stimson）聯合寫給國會的信上所言的，「勤務部隊以為分布在全球各地、為數一千一百萬的士兵，沒辦法有效執行四十八州在主要、特殊和一般選舉的各種不同程序。」

在整個一九四三年的歲末期間，國會都在討論新選舉法案的相關內容。正當此立法開始成形時，俄亥俄州參議員羅波特．塔夫特（Robert A. Taft）——查爾斯．塔夫特的哥哥，結合了一個勢力龐大的政治集團，強力主張必須要有預防措施，才能防止民主黨所領導的政府利用發送親民主黨著作給在服役的數百萬人民，藉此操弄選舉。塔夫特堅決反對羅斯福第四度連任，而他也不信任民主黨，認為除非有明文禁止，不然它一定會向士兵做政治宣傳。

塔夫特提出一個一九四四年軍人選舉法案的修正案，就是所謂的「第五條」。這條規定對提供士兵的一些消遣，包括書籍在內，只要是由政府製作且涉及政治的都將給予某些限制。就像查爾斯・塔夫特差點造成一九四三年勝利募書運動停擺那樣，他哥哥的軍人選舉法案修正案也會阻擾委員會戰士版書選書，挑戰已飽受戰爭威脅的全然自由。真是奇妙的巧合！二戰兩個圖書計畫的最大威脅恰巧來自一對兄弟。

軍人選舉法案在一九四四年冬天經過數次修訂，並於一九四四年的三月重新回到參、眾兩院進行投票。參議院跳過塔夫特修正案的討論直接通過了這個法案。參議員們承認這不是一個最有效的立法，它不過是為服役者增加參與投票的可能性所立的法。法案於三月十五日進入眾議院，一場激烈的黨派爭論也隨之登場。

每個人都知道在即將到來的選舉中絕大多數的美國現役軍人會投羅斯福一票。一九四四年一項針對南太平洋區現役軍人所做的民調顯示，百分之六十九的美國士兵會將票投給羅斯福，支持他的第四任期，且有百分之七十七的人喜歡在「現有政體下」返回美國。所以就在民主黨員主張極力簡化投票機制的同時，共和黨員似乎有足夠的政治動機要複雜化海外投票的程序。到了一九四四年三月，送進眾議院討論的法案已不再針對選舉本身，而是攸關兩黨如何操控選舉了。

在眾議院的法案討論淪為一場泥巴摔角賽。民主黨的眾議員指控共和黨故意製造選舉難度。共和黨則攻擊民主黨的堅持要服役人員使用一種「截短式選票」（不同於後方的選票，後者會列出競選某項公職的每位候選人名單，而截短式選票則不列出候選人名單，選舉人在攸關的每一項公職旁：總統、副總統、參議員等，要寫上自己要選的人的姓名）。共和黨辯稱，民主黨已執政了十二年，任何人都能叫出該黨總統候選人的名字，因此截短式選票較有利於羅斯福。走道兩旁的雙方面代表互相指責對方把這個法案搞得如此複雜。

民主黨代表丹尼爾．霍克（Daniel Hoch）說：「為了一張選票，士兵必須做三次迴異的宣誓。發誓發到都快沒命了。接著，在發完誓後，選票還必須及時運抵戶籍所在地，且令州長滿意，這樣選票才算有效。」「如果我是一名士兵，」霍克說，「我想，我會厭煩到放棄前往投票。」共和黨代表利蘭．福特（Leland Ford）緊接著發言：「如果此正文在最後定奪前，還要加上所有這些亂七八糟的大雜燴式規定的話，這個所謂的軍人選舉法案可真是極品。」這個法案，他說，簡直是「一場糊塗」。

儘管爭論不休，法案最後還是經眾議院表決通過成為法律。雖然羅斯福總統沒有行使否決權，但是他批評說它「完全不適當」且「令人困惑」。最後，如果那些服役者想要投票，他們就必須使用截短式選票，而且每一州都須提供一份候選人名單給陸軍及海軍部長，以便發送海外。

在所有爭吵聲中幾乎被遺忘的是參議員塔夫特的法案修正案——第五條修正案。這條規定禁止政府發送任何「全部或部分由政府預算出資的雜誌……報紙、動畫、電影或其他著作或素材……只要內含政治論點，或被設計或算計來影響任何（聯邦）選舉結果的任何形式之宣傳。」它說來簡單，但什麼才是宣傳呢？任何持有政治論點的非小說類著作嗎？凡違反此法令者，可被提起刑事訴訟並被判刑，刑責包括最高一千美元的罰金，或一年的有期徒刑，或兩者皆罰。陸軍部馬上通知委員會戰士版書將會受此法律的影響。

第五條「採用最寬鬆的規定範圍（著作或素材），它涵蓋所有訊息與消遣媒介」，陸軍部警告說道。並且強調「條款中所說的『政治論點、被設計或算計來影響聯邦選舉結果的任何形式之宣傳』形同全掃」。陸軍部考慮到違反法律的罰則，所以建議「對於素材是否……是『被設計或算計來影響任何選舉結果』有所疑慮者，就該被歸為禁止之列」。如果有一本書對某政治主題著墨太深，委員會就會被強烈要求不要印製。委員會成員當然不願意被關，但是他們也拒絕被迫遵從一條會限制士兵閱讀自由的法令。

史特恩為求解套，於是情商出版商授予委員會不受限制的許可，使其有權刪除準戰士版書上任何可能觸犯第五條涉及政治的句子或章節。他草擬了一封信說明「法律訂定得非常清楚」，並且要求委員會必須習慣第五條的規定。「我們別無選擇，只能照做。」史特恩說。這封信在寄給所有委員會成員之前先讓一些出版商、陸軍部和海軍部過目。史特恩的提議馬上被打槍。「我希望你不要一字不改地將這封信寄出去，」西蒙與舒斯特出版的理察・西蒙（Richard Simon, Simon and Schuster）建議。不僅語氣「實在過於愧疚、膽怯」，而且「這條法律也不夠清楚」。這些「條文上的句子，如『被設計或算計來影響任何聯邦公職選舉結果的任何形式之政治宣傳』，其不明確和不嚴謹的程度已超出我的理解範圍，」西蒙說。

呼應西蒙的反對意見的還有陸軍及海軍，兩者皆反對為了遷就法律而重編書本。海軍指出，任何的刪除「都等同替作者的意圖貼上了標籤」，而或許更為重要的是「這樣的程序無疑會遭人指控，認為陸軍及海軍部……只呈給武裝部隊『一半的事實』」，這如果「不是危險的，也將是我們最不樂見的士氣打擊，因為它牽涉到我們為之奮戰不懈的一個原則」。寧可捨棄一本書也不要編修它。

同一個春天，連串惱人的意外事件令委員會成員開始懷疑，口口聲聲說要捍衛自由的政府是不是來真的。首先是莉蓮・史密斯（Lillian Smith）所寫的《奇異水果》。

當書評還大力讚許這本書敢以如此大膽、辛辣的處理方式來觸及重要的社會、文化議題之際，隨即它就因言詞淫穢而被波士頓和底特律等地禁售。波士頓對這次的禁令十分認真。一名麻薩諸塞書商亞伯拉罕．伊森史塔德（Abraham Isenstadt）不顧禁令在店內販售《奇異水果》遭到逮捕，他因為「販賣內含『不雅、敗壞道德的語言，有故意誤導年輕人的道德觀之嫌』的著作」而被判刑。伊森史塔德經上訴後判刑確定。麻省最高法院解釋此書「四個性愛場景」中的兩個有「強烈的色情意涵」，意圖「宣揚淫蕩思想並誘發了」讀者「內心的淫慾」。

波士頓的書禁成了全國性話題，因它似乎與正在進行的所謂捍衛自由之戰相抵觸。在思想作戰中，美國人被告知為了實踐他們的自由並抗議希特勒的焚書，他們有權讀自己想讀的任何書籍。但波士頓卻說不行。然而書禁既不從波士頓開始也不結束於此。這個意外事件因為美國郵政總局的介入監督而引起全國的關注，甚至擴及波士頓對《奇異水果》發出禁令。美國郵政部從一九四四年五月開始禁運《奇異水果》，並且通知書籍出版商雷納爾與希區考克出版社（Reynal & Hitchcock）不要繼續寄送此書，否則將來可能會被按上一條「郵遞淫蕩書籍」的罪名而遭聯邦法院起訴。

雷納爾與希區考克出版社不顧郵政總局的限制警告，說它願意承擔風險；然而郵政總局長卻更進一步擴權宣布，任何內含《奇異水果》廣告的出版品也不能郵寄。諸如《紐約先鋒論壇報》和《週六文學評論》這些領頭的報紙和雜誌，也分別接獲郵政總局長的警告，不要刊登《奇異水果》的廣告。

《週六文學評論》的編輯諾曼・卡森斯（Norman Cousins）公開譴責郵政總局長的行為，並說還會繼續賣促銷《奇異水果》的廣告。「這樣的審查制度非同小可，不等閒視之……就美國人而言，它破壞了他們固有的傳統。郵局裡又是誰負責檢視傳統不會被輕易且愚昧地破壞掉呢？」「我們不僅要抗議你的指示，我們更是拒絕跟進，因為它完全不符合法律程序。」卡森斯進一步辯解。

當《奇異水果》的書禁災禍展開時，委員會的執行委員會在曼哈頓的摩根圖書館（Morgan Library）召開了緊急會議，他們草擬出了一份決議文，強調自由文學在戰時的重要性，並且拒絕加入政府方面侵犯此項自由的行動。根據第五條，戰士版書只要稍微提及國內政治或美國政治史的也不能發行，再加上郵局對郵寄《奇異水果》所抱持的態度，委員會在紀錄中指出「政府的狹隘心態實在令人感到擔憂」。委員會並控訴郵政部「拒絕對那些誠實且勇敢處理基本民主問題的著作提供郵政服務，宛如星室法庭（star chamber）再現」。「除了那些會影響戰時安全的事物外，其餘的審查若交由個人隨意做決定，即便是合法的授權也一定會對出版界的民主自由造成嚴重傷害。」委員會說。一經通過，此決議將寄給羅斯福總統、郵政部長、陸軍部長、海軍部長，以及參、眾議院議長查存。

委員會接著擬了一份新聞稿，列出因第五條的緣故，不得不從戰士版預定出版名單中剔除者為：凱薩琳·德林克·鮑恩所寫關於首席大法官福爾摩斯（Chief Justice Holmes）的暢銷傳記《天生英哲》（Catherine Drinker Bowen, *Yankee from Olympus*）；查爾斯·畢爾德（Charles Beard）深受歡迎的美國政治史《共和國》；參議員詹姆斯·米德所寫有關海外士兵的生活趣聞《與家鄉的人分享》（James Mead, *Tell the Folks Back Home*）；瑪里·桑多茲敘述一個內布拉斯加州家庭的小說《史洛根的房子》（Mari Sandoz, *Slogum House*）；和懷特曾發表在雜誌的文集《各有所好》（E. B. White, *One Man's Meat*）。新聞稿解釋，在正常情況下這些書籍都會有八萬五千冊的戰士版發行量；但是，由於最近的立法，委員會再也不能提供這些書籍或任何可能觸法的書籍給士兵看了。

許多作者都對委員會勇於挑戰法律的決定，表達了他們的讚許之意。書籍遭禁的瑪里·桑多茲感謝委員會「替這些（被禁的）書籍仗義執言」。桑多茲說她認為整個法令只是可怕的政治操作的一環，因為它根本無法為簡化不在籍投票提供有效的流程，而且關於書籍的規定似乎也只是讓人看清楚這個法令的本質而已。「即使是短暫的自由侵犯也會創下危險的惡例，」她說。桑多茲還說第五條讓她想起一九三八年在柏林大學結識弗里德里希·施恩勒曼博士（Dr. Friedrich Schönemann）的那段往事。那時候施恩勒曼曾說「納粹不需要搞一個顛覆美國思想的政府禁書令。我們（美國人）自己會幫他們弄來一個。」當時的她不相信；如今看來，他恐怕是對的。

❋

委員會決定發動一次廢除第五條的戰爭。從財經的角度來看，禁不禁其實對委員會沒有一點影響，倘若某本書不夠資格發行戰士版，馬上可以再找一本書頂替。然而令委員會不能容忍的是士兵讀物的審查或該法的執行先例。誠如委員會執行長阿奇伯爾德·奧格登的牢騷，他說：「看來我們從現在開始到十一月，除了埃爾西·丁斯莫爾系列（Elsie Dinsmore）和鮑勃西雙胞胎（The Bobbsey Twins）外好像沒有書可出了。」一九四四年的五月下旬，委員會展開促使國會廢除法令的運動。美國各大報章雜誌的編輯們都收到了一封信，信中說明委員會戰士版書的企畫在軍人選舉法通過後所受到的影響。委員會懇請這些重視出版自由的報章雜誌多刊登一些提醒大眾注意政府打壓士兵基本自由的文章。媒體界的配合度超乎想像。整個一九四四年六月和七月有許多批評文章被刊登了出來，哀嘆委員會在政府干預選書的情況下，能印製多樣的各類書籍。「有政治目的的審查制度是一種不容於美國的法西斯手段，」雪城

（Syracuse）的《旗幟郵報》（*Post-Standard*）寫道。這「說來荒謬，他們視武裝部隊為不同於一般公民的另一種階層，因而控制他們的讀物。」

一篇刊載於南卡羅來納州哥倫比亞市（Columbia, South Carolina）的文章這麼說，「因為除了那些盲從某政黨路線的選民外，每一位選民都會基於政治、經濟和社會的思考來做出他的決定，也因此儘管不是直接地，唯有陸軍和海軍當局才有權對所有會激勵社會、經濟和政治的想法之事物做出解釋，亦即唯有他們才有權決定什麼該被摒除在圖書館、閱讀室和電影演出之外。」實在令人難以相信，美國圖書館和閱覽室會因為一個聯邦法而遭遇一場「戈培爾式的肅清」，這篇文章下結論說道。

維吉尼亞州林奇堡的《前進報》則哀悼說在這個法令底下「除了烹飪書、童話故事或天文學和數學參考書外，幾乎所有的書籍都會被禁」。「如果陸軍能讀些什麼還得由副官長來決定的話，那我們乾脆加入納粹算了，還打什麼打。」一篇刊登在聖安東尼（San Antonio）《新聞報》（*News*）上的文章說：「你應該這麼想，士兵既然能為國家打戰，就應該有能力決定自己喜歡讀些什麼，」並且「或許他們寧願選擇今年不投票也不想要他們的讀物經過審查。」

《芝加哥太陽報》（*Chicago Sun*）建議大眾要認清這項法令和第五條的真正本質：它是某位共和黨員為了終結羅斯福的三任總統任期所採取的動作。「國會自以為聰明地規定作戰士兵應該被隔絕於政治『宣傳』之外。它的本意就是要保護那些無辜的年輕人免受不良企圖說服，而弄了個『第四任』出來。」在仔細看過第五條禁止的書籍，《太陽報》這麼評論，這些書籍中沒有一本「與『第四任』有任何牽連」，如果它們的內容涉及政治，那通常也「同於憲法或美國歷史所持的立場」。整齣戲看來荒謬至極，《太陽報》還說委員會「理當以最強烈的措辭來抗議這麼愚蠢的書禁」。

令人氣結的是，竟然連無明顯政治論點的一些暢銷書也一併被禁。凱薩琳．德林克．鮑恩的《天生英哲》、查爾斯．畢爾德的《共和國》和懷特的文選集《各有所好》，它們多少提及即將舉行的聯邦選舉是無意義的。羅徹斯特（Rochester）的《時代聯合報》（*Times Union*）在詳讀過《天生英哲》的每一頁之後，說此書唯一可能被禁的部分是首席大法官與羅斯福總統的一段對話，但它只占一頁的篇幅，而且只不過是彼此間的一次客套寒暄。「如果這也算是『政治宣傳』，那你們的《世界年鑑》（*World Almanac*）就更不用說了。」《時代聯合報》說。

同樣地，一家密西根的報紙在翻遍查爾斯．畢爾德的《共和國》後，竟然發現書中根本沒有涉及政治黨派；不過的確「精彩地討論到美國政府的基本原則是如何從憲政會議中發展出來的」。一篇新聞報導則對懷特的《各有所好》——它早先刊登在《紐約客》和其他雜誌上，是一本描寫新英格蘭生活點滴的滑稽短文集；被禁的消息報導出來後意外地受人矚目；其實其中的一些短文早已隨著刊登雜誌在作戰部隊中流傳。（懷特本人承認，他不了解《各有所好》為何會被禁，但他喜歡它被禁。「這表示它還有人看。」他說。）委員會的媒體運動引來如雪片般的信件和評論，抨擊軍人選舉法並要求加以廢除。後方的民主主義方興未艾：人們敢大聲說出他們心裡的話，並且批評他們的政府。對第五條的反撲也充分顯示出民眾們了解到書籍不僅止於說故事而已，它們還承載著希望、啟發和勇氣；它們也記錄了重要的訊息，可協助士兵們了解他們為何要冒生命危險戰鬥。和書本密不可分的一些價值正面臨著戰爭的威脅，美國人將不會容忍他們的讀物受到任何限制。

在充滿象徵意義的七月四日這一天，陸軍部宣布由於軍人選舉法的關係，它被迫抽掉幾本用於軍人教育課程中的教科書。這些在教導士兵歷史、經濟時使用且已行之多年的教科書，因曾對政治或政府有過些微的評論而被打入黑名單。幾天後《時代》雜誌也報導，軍隊報紙《星條旗報》為了怕觸犯第五條不得不審查它的新聞故事。例如如果羅馬版的《星條旗報》想要刊登一則有關共和黨總統候選人湯瑪斯・杜威（Thomas E. Dewey）的新聞，它必須先刪除杜威對羅斯福總統執政的批評。另一篇報導則說，地中海版的《星條旗報》不准登載美聯社（Associate Press）有關政治的文章。美國空軍學校被迫停開四門函授課程，因為它的一些教科書被列為禁書。《時代》評論這些書籍「若要從國會的焚書中救回來，大概只能到廢紙回收運動那裡去撿了」。為了順應美國的立法，這些動作幾乎無所不在。《週六文學評論》診斷國會已經得到了嚴重的審查症；唯一的已知處方就是廢除第五條。

一九四四年七月三日和五日這兩天，委員會與作家戰時委員會（Writers' War Board）開會研擬它們接下來的行動。兩個組織一致同意，它們應該親自與第五條的始作俑者塔夫特參議員會面，看他是否願意修正或廢除這條法令。由委員會成員另外組成的一個特別委員會結合了作家戰時委員會、作家聯盟（the Authors' League）和國際筆會（P.E.N）的成員，共同草擬出一封給塔夫特參議員的正式信函。信中一開始就提到最近大眾對第五條的關注，並指出大家「一面倒地認同我們的觀點」。信裡以和緩的語調堅稱，沒有人相信塔夫特有意要阻擋發送這些只因一個法令的字面解釋而被禁的書籍。然而確實有內容未涉及政治宣傳的暢銷書被歸在禁書之列。委員會警告它將利用報紙和電台，告訴國內外的士兵和大眾有關第五條的訊息，以及它「暗指海外士兵不能信任，所以提供給他們的讀物無法和家鄉相同」。另一個選擇是塔夫特可需與委員會和主要寫作組織碰個面，提出一個共同的解決之道。

特羅特曼中校在不久後告知委員會，他最近與五名陸軍將軍開會後得到一個結論，那就是法令的解釋將會比以前更為嚴苛，也會使得更多的書籍被納入禁書的範圍。關於委員會對法令的直接迎戰，陸軍舉雙手贊成並予以實質的支持。一份委員會會議紀錄的草稿透露，史特恩「報告說陸軍私下告訴他，他們將繼續確實地解釋法令，以期能逼使」第五條「做一次的修正或廢除」。史特恩的談話在會議紀錄的最終版本中被刪除。塔夫特參議員是俄亥俄州塔夫特權勢家族的一位子弟，他有一個曾經當選過總統的父親，而自己更是長年在白宮角逐職位，所以鬥爭對他來說是家常便飯。他在收到委員會的來信要求修正第五條的幾天後，給出了一個毫無歉意的回應，堅稱委員會似乎不了解這條法令。所有的書都可以私下購買再送給服役的士兵，說完這句話，塔夫特參議員再度強調，只有以政府預算購買的書籍才會受到影響。

塔夫特參議員自以為是地提及：「在一九四四年的選舉即將來到之際，禁止政府花錢去印製且發送含有政治論點和政治宣傳的書籍是極睿智的決定，誰都不該加以質疑。」此外，塔夫特參議員還挑剔陸軍解讀這條法令過於嚴苛，並聲稱自己實在不明白《共和國》和《天生英哲》哪裡含有政治論點或宣傳。不過參議員還是答應前往紐約會見委員會成員一同討論該法令和一些可能的修正。

塔夫特參議員在七月二十日這一天和幾位委員會的成員見面，其中包括特羅特曼中校和幾位陸軍代表、《週六文學評論》的諾曼・卡曾斯（Norman Cousins）、作家戰時委員會的卡爾・克萊默（Carl Carmer）等人。這群人聚集在曼哈頓的洛克菲勒午餐俱樂部（Rockefeller Lunch Club），塔夫特參議員大約說了約十五分鐘的話，告訴他們國會不是有意要限制作戰士兵的印刷品補給，這絕非它的本意。他表示願意支持法令的修正案，以期改善已經浮現的一些問題。委員會和它的支持者給了塔夫特參議員三個意見為回應：廢除、行為除罪化（令違法變成無實際意義），亦或是修改法律內文，只禁止那些有明顯政治宣傳意圖的書籍。

一名陸軍代表解釋第五條是如何妨礙陸軍在資訊和教育上的大規模計劃。為了避免觸法陸軍遵循「有懷疑就放棄」的口號：一些教育課程被取消，一本本書籍從圖書館書架上被移除。「我們相信最好的軍人必定是有見識的軍人，」一名陸軍代言人說道。「我們相信如果士兵們知道世界發生什麼事的話，必定會打一場更好的戰爭，且很快地就能結束它。」但最近對於書籍和教育課程的限制已經挫敗了陸軍的目標。

塔夫特參議員儘管執著，但也身陷在尷尬的政治處境中。他既害怕報紙說他支持現役軍人讀物的審查制度，卻也不想讓自己的立法看似在走回頭路的樣子。因此，在會見了委員會之後，塔夫特發表了一個聲明，重申他長期不變的信念，他說：「禁止政府預算用在政治宣傳的普遍原則是大眾所公認的，但法令的規定或許太嚴苛，導致陸軍的管理出現了問題。」塔夫特公開批評陸軍對法律的解釋方式，但也坦承為了增加它的彈性，他將支持法令的修正案。在國會採取行動之前，情勢變得對塔夫特參議員越來越不利。一群曾報導七月二十日會面的資深記者，在無意中聽見塔夫特說百分之七十五的現役軍人如果有機會的話將把票投給羅斯福，因為那些在海外服役的士兵「與國家脫離，缺乏關於議題和候選人的背景知識，因而會很自然地把票投給他們的統帥」。所以他反對軍人投票。這些記者把他們聽到的這些評論刊登了出來。當話傳開之後，塔夫特的同僚開始和他保持距離。例如，伊利諾州參議員史考克．盧卡斯（Scott Lucas）就說：「塔夫特參議員顯然還不了解，這是個全球性的戰爭，而我們在世界各地打戰和飛行的士兵可能比在家鄉的我們還要有想法，很清楚明白一九四四年的選舉對美國來說什麼才是真議題。」

陸軍持續施壓。正當陸軍部宣布禁止軍人觀看一部前任總統的傳記電影《威爾遜》（*Wilson*）、一部拍攝一對夫妻遊華盛頓的電影、由深受歡迎的喜劇演員費伯．麥克基（Fibber McGee）和莫莉（Molly）所主演的喜劇電影《天堂好日子》（*Heavenly Days*，一部無趣且被遺忘許久的電影）時，有消息傳出，更多針對士兵的審查制度預備在八月九日實施。陸軍部也證實了這個謠言，說往後將禁止所有英國報紙在美國部隊中流傳，因為這些報紙毫無疑問地會在這次選舉中選邊站。兩天後，陸軍宣布，因為《陸軍航空隊官方指南》（*Official Guide to the Army Air Force*）這本書出現冠有統帥頭銜的羅斯福總統照片而被迫禁止販賣和發送，此舉無疑地替第五條的棺材釘上最後一根釘子。這真是一支知道要如何打贏家鄉戰爭的陸軍隊伍。國會除了馬上行動外已沒有多少選擇了。

八月十五日，特權暨選舉委員會的參議員希奧多．格林（Theodore Green）提交一份報告，指稱第五條非修正不可，因為武裝士兵需要閱讀各種不同的讀物來維持士氣並抵銷敵人的宣傳。根據格林的陳述，訂定此法的目的「並不是要阻絕陸軍和海軍接觸到一般美國百姓都能夠取得的新聞和資訊」。相較於塔夫特參議員動不動就指責陸軍對法律的解釋過於嚴苛，格林參議員則說「光靠軍方對法律的寬鬆解釋肯定不是解除這種狀況的良方」，反倒是國會本身要負起責任，將法令修訂好。格林參議員建議刪除第五條所提之禁止內容涉及政治的讀物，而將其修訂為允許發送在後方普遍可接觸到的書籍、雜誌和報紙。根據修正過的法案，關於讀物的發送，唯一可接受的限制為「遇到難以克服的運送難題或緊急的戰爭狀況」，導致書本無法順利運抵各個前線。這算不上修訂，它是全面的撤退。

軍人選舉法之修正法案以一種非比尋常的速度於一九四四年八月十五日在參議院中無異議通過。隔天，眾議院認可了這個修正案，並將最後的定案送至白宮讓總統簽字。一九四四年八月二十四日委員會驕傲地宣布，先前因第五條而被禁印的三本書，亦即《天生英哲》、《共和國》和《各有所好》，將以戰士版書的形式出版。委員會還否定了波士頓人的裁決，印製了《史洛根的房子》和《奇異水果》。

委員會在對抗第五條所取得的勝利是它的偉大成就之一。激發媒體報導議題並鼓動美國人運用他們的言論自由來批判一條不合理的法律，這個國家證明了它的民主精神。套一句委員會執行長阿奇伯爾德·鮑格登的話：「它是令人振奮的典範，在不到兩個月的時間，一場民主行動促使參、眾兩院的立場做了一百八十度的大轉變。」

＊

或許成群士兵會在他們的截短式選票上選擇羅斯福，是因為他是他們唯一記得名字的候選人。或許第五條的慘敗留下的一絲苦味，令許多美國人寧願選擇站在羅斯福這一邊也不要鼓吹審查制度的共和黨員；又或許是這個國家比較信任這位已經領導他們十二個年頭的人士，而軍隊也支持他們的統帥之故。然而無論他們的理由是什麼，在一九四四年的十一月選民以相對極小的選票差距約三百萬張，選出了羅斯福繼任他的第四任總統。其中估計有三百四十萬的選票是來自軍人選舉法所設計出的不在籍投票，而這些選票很有可能是改變選舉結果的因素。哈佛大學在一九四四年的《校友會會刊》上有則平淡的報導：「富蘭克林·羅斯福，畢業於一九〇三年～〇四年……地址沒變。」

第九章

德國的投降和淒涼的小島

CHAPTER 09

GERMANY'S SURRENDER & THE GODFORSAKEN ISLANDS

「有的人在乎他，有的人則不，而那些不恨他的人會出去找他……。但他們都找不到……因為他是泰山，是曼德瑞克森林戰士（Mandrake），是飛俠哥頓（Flash Gordon）。他是美式足球明星比爾．莎士比亞（Bill Shakespeare）。他是聖經裡的該隱（Cain）、羅馬神話中的尤利西斯（Ulysses）、飛翔荷蘭人號幽靈船（the Flying Dutchman）；他是索多瑪城的洛特（Lot in Sodom）、愛爾蘭神話的悲傷女英雄迪爾德麗（Deidre of the Sorrows）、艾略特（T. S. Elliot）的樹林夜鷹群裡的斯威尼（Sweeney）。」

——約瑟夫．海勒，《第 22 條軍規》（Joseph Heller, *Catch-22*）

美國人在一九四五年不計生死地大步邁向歐洲勝利之路時，隨身攜帶了幾千冊在所踏上土地屬於被禁的書籍。被德國列為罪犯的許多作者都現身於戰士版書。美國士兵攜帶了厄尼斯特．海明威的《短篇小說選集》（K-9）；傑克．倫敦的《海狼》（*Sea-Wolf*, F-180），《白牙》（*White Fang*, G-182），《斯納克號的航海之旅》（*The*

Cruise of the Snark, H-221）及《野性的呼喚》（*The Call of the Wild*, K-9）；別忘了伏爾泰的《憨第德》（*Voltaire, Candide*, C-64）。

後來的戰士版書還包括有：湯瑪斯．曼（Thomas Mann）的《短篇小說選集》（L-28）；史蒂芬．茨威格的《王族遊戲》（Stefan Zweig, *The Royal Game*, 860）；威爾斯的《時光機器》（H. G. Well, *The Time Machine*，T-2），《莫洛博士島》（*The Island of Dr. Moreau*, 698），《世界大戰》（*The War of the Worlds, 745*）和《巨人的食物》（*The Food of the Giants*, 958）；還有埃里希．瑪利亞．雷馬克的《凱旋門》（Erich Maria Remarque , *The Arch of Triumph*, 1177）。想要解放一整個大陸，有什麼武器比在那裡被禁被燒的書籍更合適呢？

但是委員會並沒有結束它在歐洲占領區內成千上萬冊的戰士版書的分發工作。它也在思考，在歐洲國家重新引進被禁書籍的過程中它該扮演的角色，納粹以多方限制印刷廠和書店來箝制這些歐洲國家。這些年來，書籍只要被德國納入禁止之列就會遭沒收銷毀，而出版商或書店老闆也拿不到任何的補償。書架上已經清空了所有被認定對德國不友善的著作。圖書館遭肅清，珍藏書籍無故消失，納粹控制了歐洲的印刷廠並仔細監視它們印了什麼。在美國和英國出版的書籍也嚴禁販售及發送。在一九四四年，歐洲沒有真正獨立的出版業——如美國戰情局（the United States Office of War

Information, OWI）所言，它已經「支離破碎」。

深知歐洲書籍出版和販售的蕭條情況，委員會考慮是否要為那些早在一九三九年就沒有美國書籍的地區印製一些圖書。一九四四年法勒與萊因哈特出版公司的斯坦利·萊因哈特、亨利·霍爾特出版公司（Henry Holt & Co.）的威廉·斯隆和維京出版公司（The Viking Press）的馬歇爾·貝斯特（Marshall Best）這些委員會成員與戰情局接洽，詢問是否有興趣資助一個計畫——翻譯一些美國圖書，並將其發送到脫離納粹控制的歐洲國家。戰情局同意和委員會合作，而委員會也收集了一份一百本普受歡迎的戰士版書的書單。但如果是由軍情局提供特別預算來印製這批「海外版書（Overseas Editions, OEs）」的話，則這個企畫必須要與戰士版書的企畫完全分開。因此，委員會裡成立了一個新的分支——海外版公司（the Overseas Editions, Inc.,OEI）。

海外版書在開始時並不順利。首先，軍情局雖然原則上贊成這個企畫，但它所保證的企畫預算卻毫無著落，致使海外版書延宕了好幾個月。預算在一九四四年的八月終於撥下，但企畫卻陷入另一個更嚴重的延遲困境。許多書籍需要翻譯成法文和義大利文——事實證明這是相當費時的製作過程。再加上，為了要將製作成本降到最低，工作必須一氣呵成。因此所有企畫書籍的印製必須得等待所有的翻譯都完成後才能開始。當這些手稿終於準備好要付印時，另一個有關版權的問題又浮現了出來：出版商不能確定他們與作者所訂定的契約是否包括供海外使用的版權。直到最後一刻，各個契約才被調整到及於海外的發行。

最後，時為一九四五年的二月，第一批海外版書終於運往歐洲。它們體積小（大小為四又四分之三乘六又八分之三英寸，約等同於較大尺寸的戰士版書的尺寸）且外型相當陽春，但它們卻滋養了缺書的歐洲。軍情局非常滿意第一批的海外版書，於是它在一九四五年三月要求委員會再加印德文、中文和日文的版本。但這個企畫再次因為預算問題，無法發行中文和日文版本。總之，到了最後，共計有七十二本書被印製

一名美國士兵在新幾內亞營區內僅有的簡陋設備中閱讀戰士版書，被水環繞的他利用幾根柱子架起了一床擔架，枕以木箱，悠哉地讀著書。（圖片來源：Australian War Memorial）

出來販售，其中有二十二本英文書、二十二本法文書、二十三本德文書，還有五本是以義大利文寫成的。這次所選的書籍大部分以美國為主題——史蒂芬．文森特．貝納的《美國》（Stephen Vincent Benet, *America*）、凱薩琳．德林克．鮑恩的《天生英哲》和福納斯的《美國生活》（J.C. Furnas, *How America Lives*）都包含其中。

海外版書在法國、比利時、荷蘭、挪威、丹麥、保加利亞、羅馬尼亞、捷克斯拉夫、波蘭、南斯拉夫、匈牙利、義大利、北非、敘利亞、土耳其和希臘等地共發行了三百六十三萬六千零七十四冊。但三百六十萬冊的書籍比起納粹在歐洲銷毀的據估計約一億冊的書籍可說是九牛一毛，不過海外版書的產出至少在那些多年來被迫無法接觸到美國書籍的歐洲國家裡重新起了個頭。

不僅淪為納粹統治的國家有缺書的困擾。英國出版業也因戰爭關係大幅萎縮，書店的書架上空蕩蕩一片，給皇家陸海軍士兵的免費讀物也無法發送。就跟他們的美國戰友一樣英國士兵也渴望閱讀。一名美國陸軍中尉憶及他的單位駐紮在一艘英國軍隊運輸船上，當美國人抬著他們的圖書館——擺在兩個汽油桶上的一大箱戰士版書——上船時，英國軍隊無不目瞪口呆地盯著那些書看，並請求借閱。湯姆的單位於是將戰士版書拿出來分享，而「許多英國伙伴還邊看邊搖頭，驚嘆美國士兵的待遇怎麼這麼好」。許多英國兵甚至質疑，他們的政府怎麼不用平版書來提振他們的士氣呢？

英國出版產業遭轟炸最主要的元凶，加之嚴重短缺紙張。這兩個原因抑制了英國的印刷產能。德國在一九四〇和一九四一年恣意轟炸了英國整整兩年；住宅區、農田、商業區──無一倖免。德國飛機群於一九四〇年十二月二十九日飛過倫敦的天空時，它們將炸彈投在「緊密連接於城市中，以主禱文街（Paternoster Row）為中心的一個小區塊」，重創了群聚在一起的英國出版業辦公室和工廠。計有十七家公司被夷為平地。有超過一百萬冊的圖書起火燃燒了數個小時。隔天，倫敦的圖書世界就徹底地毀滅了。

再則，紙張的配給制度限制了出版商，他們得到的配額比一九三八年的使用量少了百分之三十七又二分之一。書籍產量隨著需求的增加更形捉襟見肘了。書店來不及備貨。出版商急著拋棄傳統的版面設計、留邊的尺寸、紙張的磅數、字體設計和裝訂方式：重新改造過的書籍都以最少的材料消耗為依歸。儘管有了這些應變方法，英國出版商還是無法印製出足夠書籍來滿足大眾的強大需求。而皇家陸海軍之所以缺書，純粹是因為書籍流通量不足。雖然英國也組織了一個類似勝利募書運動的活動，但它募集到的圖書數量不足，而且多半都是不適合海外士兵的笨重精裝書。

曾經見識過戰士版書的英國士兵都對它們有了深刻的印象。一名皇家空軍說，在他長期軍旅生涯中最美好的一段時光就是與美國戰鬥中隊駐紮在一起的時候。每晚，他都會「慢慢踱進餐廳，來個一、兩次美味的邊吃邊聊……當然，臨走的時候還不忘在口袋裡捎個一、兩本……『超棒』的戰士版書，這幾位塞書給我的美國朋友會再三叮嚀我，看完後要傳給那些『小鬼們』看」。他說戰士版書是真的能帶給他的單位「許多小時的滿足和歡欣」的事物之一。他讚嘆委員會的「超棒印刷和發行成果；那是我在海外三年多時間僅見的，可惜不存在於……我們這一邊。」

負責醫療美軍和英軍的醫院無疑是戰士版書的溫床。一名受傷的英國士兵回憶他在緬甸的野戰醫院休養時，常為沮喪和不確定性所苦。「在那些鬱卒的日子裡，人們總得找點樂子。」幾位同病房的麥瑞爾突擊隊員（Merrill's Marauders，美國陸軍特種部隊之一）注意到他精神很差，於是遞了一本馬克思·舒爾曼的《衣冠楚楚的商人》

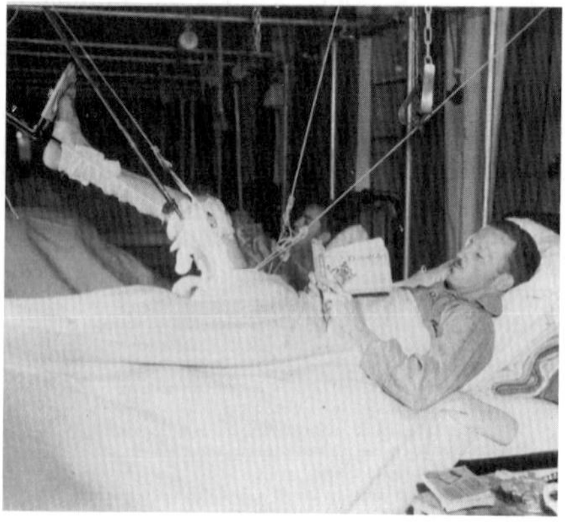

對醫院裡的傷患而言，沒有任何東西能像書本一樣能幫他們打發單調乏味的日子了。平裝書有很高的需求，因為它們非常適合平躺在病床上療養的士兵讀，拿著它閱讀數小時也不會覺得疲累。（圖片來源：U.S. Army Pictorial Service.）

（Max Schulman, *The Feather Merchants*）到他的病床前，並囑咐他快點看。書裡的主角回到了後方，他期待得到一個英雄式的歡迎，但卻驚訝地發現自己被載往一個販賣黑市汽油的大本營，並接受款待吃了一頓儲藏的糧食；又因為在軍中從事文職工作，所以在女朋友的眼中他甚至不是「真正的英雄」。這本書說了一個事事走樣的滑稽故事，那名閱讀它的英國士兵除了輕笑之外就是大笑。

英國士兵非常渴望有戰士版書可看，而英國的出版公司也聽聞了委員會的迷你版平裝書多麼受到歡迎。對長時間來苦於無法印製大量書籍的他們來說，實在無法抗拒像委員會印製迷你版這樣的做法。但他們並不想免費發送書籍給英國作戰部隊，於是英國出版商從一九四五年開始「販售」幾乎和戰士版一模一樣的平版書。每冊成本只需兩便士，倫敦的熊哈得遜股份有限公司（Bear, Hudson, Ltd.）發行了熊版口袋書，倫敦的愛倫公司（W.H. Allen Company）印製了愛倫超級颶風版書（Allen Super Hurricanes）。

若不仔細端詳，你會誤以為這些熊版和颶風版書是戰士版書——它們的大小和較小尺寸的戰士版書一樣（四乘四又二分之一英寸），它們的封面也有一個縮小的原封面設計，而它們也以騎馬釘裝訂，至於內頁文字也是兩欄，一樣也以輕磅紙印刷。熊版口袋書還是以英國大眾為其發行對象，而它的迷你尺寸則歸因於配給制度和紙張供應的短缺，不過超級颺風版書卻標榜它們適合「那些在服役的士兵——因為它們不僅製作精良而且大小剛好」，並被「設計成適合放進讀者的口袋」。委員會在得知自己的想法竟能協助搖搖欲墜的英國圖書業重新站穩腳步時，也感到非常榮幸。英國的紙張配給制度一直實施到一九四九年才結束。

✵

同盟國從一九四五年春開始一步步逼近柏林，後方也因為歐洲的勝利在望而民心大振。但一九四五年四月十二日這一天，富蘭克林・德拉諾・羅斯福在歷經一段鮮為人知的嚴重健康衰退後過世。他的辭世是全世界的損失。第八航空軍的軍械士法蘭克・什萊赫塔下士（Cpl. Frank Slechta）這麼說：「這不只是另一名政治人物的過世；你像是失去了一個朋友。」「我們失去了一位偉大的領袖。」裝甲野戰炮兵部隊的路易士・席爾下士（Cpl. Louis F. Schier）附議說道，「而且我是從戰鬥中才領略到什麼是領袖的。」他解釋：「在法國時，一位負責特遣部隊，深受我們敬愛的少校在離我不到一百碼處被自動手槍射殺身亡，我們從此以後就很難再團結一起了。羅斯福總統的情形就像那樣。」第二十八師的步兵二等兵莫里斯・克拉維茲（Morris Kravitz）說：「我見過士兵在前線死亡，但令我感到悲傷的程度不及這次。」在他們哀悼的同時，悲劇反而激起了「快速反擊和同仇敵愾的意識」。借用陸軍中尉沃爾特．欣頓（Walter J. Hinton）的話：「我想納粹聽到他的去世一定很高興，但我們將會戰得更賣力，藉此告訴他們我們的感受。」

在羅斯福過世後緊接著傳來約瑟夫．戈培爾和阿道夫．希特勒自殺的消息。儘管領導瓦解，城市遭同盟國密集轟炸而毀損殆盡，德國的士兵仍做困獸之鬥。但幾天後，即一九四五年的五月八日，杜魯門總統宣布德國已經正式投降，並且「自由的旗幟飄揚在整個歐洲」。但他提醒美國人，勝利僅到手一半，即便「西方已經自由了……但東方仍受到日本暴政的奴役」。

情況似乎很明顯，同盟國在歐洲的士兵在德國投降後將被送往太平洋戰區，但許多在歐洲服役的美國人還是幻想著他們會在歐洲勝利日（V-E Day）那天除役。出版品如《美國佬》（*Yank*），在一九四四年整年不停討論有關海、陸軍的後勝利復員計畫。這些文章製造了一個可以馬上回家的假象。殘酷的現實是，絕大部分在歐洲的陸軍在回家之前都必須先造訪日本。歐洲的武裝部隊非但不能復員還得面臨遣調。

陸軍於五月十日這天宣布，它在歐洲的三百五十萬名士兵中將有三百一十萬人得前往太平洋，而其餘的四十萬名則留在歐洲當收復部隊。整個陸軍只有少數人可以除役。海軍也宣布它沒有裁軍的打算。如一名陸軍發言人所解釋的，倘若讓那些曾在歐洲打過戰的士兵除役而不將他們遺調到太平洋的話，猶如只拿一隻手跟人家打。為了要打敗日本，同盟國就必須在太平洋上火力全開地發動決定性的最後一擊。

陸軍和海軍答應安排人員回美休假一段時間，藉此淡化遺調相關報導帶來的衝擊，但新聞媒體拒絕粉飾遺調所引起的士氣問題。「那些直接要被送往太平洋的士兵一點也不領情。」某家報紙寫道。「他們已經打過一場戰了，他們認為自己的工作已完成。」這篇文章還說，現役軍人和其家人的士氣鐵定低迷，因士兵在家人為他辦了榮歸歡迎會後，只能跟家人廝混個兩三星期就得再上路服役。此外，許多人在慶幸原來他的戰死歐洲是誤傳的同時也認為這次不會那麼幸運了，那裡可是太平洋戰區。

＊

歐洲的士兵也從他們的報章雜誌讀過有關小島戰爭的報導，深知太平洋戰役險惡。隨著同盟國的跳島戰逐漸逼近日本，戰事似乎更形緊張。日本兵總是寧死不降地戰到最後的一兵一卒，他們就連最徒勞無功的戰役也不放過。這種戰法不僅延長了戰役時間也讓死亡率節節升高。服役於太平洋的士兵一再延後他們回家的日子。他們期盼歸鄉的順口溜也從「四五年平安回家」變成「四六年歷險而歸」，然後是「四七年猶如鬼門關走一遭」，最後只得到「四八年等耶路撒冷開金門」，再來就回家無望了。

小島戰役的士氣面臨了嚴重的挑戰。少有報紙和雜誌肯定特殊服務局竭盡所能地為海軍陸戰隊員和水兵所做的非凡成果。事實上，太平洋戰區並不是一切都不好。一旦某個區域被確保了，士兵們就獲得極大的權限來美國化那些小島。他們「在叢林中的空地依照阿布納・道布爾迪（Abner Doubleday）的規格」興建棒球場；在可供游泳的水塘或湖邊豎立標誌，上頭寫著「瓊斯海灘」（Jones Beach）或「老河灣泳池」（Old Swimmin' Hole）。

到了一九四四年，那些曾在一九四二年登陸的士兵已經不認得瓜達康納爾島了：昔日的戰場變菜園，一家每天生產兩百夸脫冰淇淋的冰淇淋工廠，數百種的樂器隨你玩，經常播放影片的戲院就有一百五十家，還有可供舉辦拳擊賽和其他運動比賽的體育場館。而整個馬里亞納群島（Mariana Islands）也搭建了不少戲劇舞台，排球和籃球場林立、拳擊場紛紛搭起，甚至還發送了數千台的收音機。

然而收音機卻是一把雙刃劍。士兵們雖然可以利用它來收聽喜愛的音樂以及新聞，但如同在歐洲戰區有軸心莎莉，太平洋戰區也有他們自己的宣傳者：東京玫瑰。據說她是由生活在日本的美國公民，名叫戶栗郁子（Iva Toguri）的女性扮演的。玫瑰的廣播少有像軸心莎莉那般精準卻又令人不安的訊息穿插其中，但她有自己的一套。東京玫瑰似乎充分掌握了美國士兵死傷的訊息，然後再以冷酷方式的播出。「喔，你們這些在莫士比（Moresby）的孩子，你們是否喜歡昨天晚上對拉包爾（Rabaul）所發射的高射炮，」她在廣播中問道。「你們的公報是否報導了有兩處陣地被摧毀了，沒有嗎？但是你們這些傢伙都心知肚明，不是嗎？你們都知道有些東西沒再回來啊！」她嘲笑說道。

無論是駐紮在安全的島嶼，或準備進攻另外一個島，士兵們都需要閱讀書報雜誌；就連在最遙遠的島嶼上，士兵們也收得到他們需要的閱讀配額。報導太平洋戰區的戰地記者們總是對士兵們認真的閱讀態度驚嘆不已。「在這些僅有梅爾維爾（Melville）和斯蒂文森（Stevenson）的書裡才會提到的南海小島和海域上，閱讀是所有士兵最普遍的消遣。」

小弗雷德里克．辛皮奇（Frederick Simpich, Jr.）少校在他為《國家地理雜誌》（*National Geographic Magazine*）所寫的一篇文章中說道。「至於他們讀什麼和讀多少才叫極限，端看他們手邊有多少書可拿。」他說。由於困在島上可做的事情不多，士兵們的閱讀習慣迥異於一般平民，他們手上有什麼就讀什麼。一名多疑的海軍陸戰隊員拿到了一本梅爾維爾的《泰皮》（*Typee*），他不情願地翻開那本書打發無聊。

一旦開始，他就迷上了。他的評語是：「了不起的東西。這傢伙寫了我曾經登陸過的三個島嶼呢！」

✵

士兵們因遣調而挫折感瀰漫，於是陸軍和海軍向委員會求救。他們面臨到士氣危機，需要將整個太平洋鋪滿書籍。在島嶼未能確保安全以前，書是最容易發送，也是唯一能帶到海邊的娛樂；當敵方的攻擊還在持續進行之際，戲院或體育場館是不可能興建的，而樂器和收音機也無法攜帶使用。反之，戰士版書卻可以帶著四處走。

一九四五年，特羅特曼中校在出席委員會年度會議時一再重申，缺書的情況極為嚴重。儘管再三感謝委員會前一年度增加了出書量——從兩千萬冊增至五千萬冊——特羅特曼還是堅稱，這樣遠遠不夠。「實際上應該要有五倍這樣的數量流通，」他說。「如果一名月薪五十五美元、願意為了某本戰士版書付五百法郎或十塊美金購買閱讀順位權的話，你就知道它們有多麼欠缺了。」

為了證明他的論點，特羅特曼特別舉他在歐洲的經驗為例。有一件事情讓他終於明白為何這些書在作戰時會如此不耐。「士兵們總是拚命地想飛快地看完一本，哪管得到是在雨中或雪中，也顧不了書本因為毫無遮避而濕透。」當士兵的人數多於戰士版書時，就會「經常看到士兵們把已看完的部分撕下，拿給下一位沒有書看的人，並告訴他——『我會替你保留在我這裡的部分』。」特羅特曼想將那些書拿回來當作「經歷激烈戰鬥之後」的例子，但士兵們不讓他這麼做。「『你不會把我們的書拿走吧，會嗎？這些書我們都還可以讀，』」士兵們這麼和特羅特曼說。「所以我沒有任何損壞的書籍樣品可以給你們看。」特羅特曼坦率地對委員會成員說道。

特羅特曼在巡迴歐洲戰區時隨處都看得到戰士版書。聖誕節那天，他在比利時的醫院發現一本戰士版書掉在手術室的地板上——它的封面沾有血跡，並且書的三分之二內頁頁面上也幾乎都沾上了紅色的污漬。在一次拜訪某獨立戰鬥工兵排的時候，特羅特曼注意到一疊約十冊的戰士版書；它們是如此地寶貴，以致於排長會命令士兵們做團體閱讀，以減少因多重翻閱帶來的磨損。

在納粹戰俘集中營裡，特羅特曼看到國際基督教青年會正在發送戰士版書；它們是讓這些戰俘日子好過點的重要事物，他說。特羅特曼還詳述了他在一次荷蘭巡迴的經歷，他小心翼翼地把車子停在憲兵隊附近以防萬一。隔了一天，他的車子還是被洗劫了。所有值錢的東西都還在，唯一被拿走的是一箱三十二冊的戰士版書。儘管書籍似乎已經發送到世界各個角落的單位，且為那些閱讀它們的士兵所珍惜，特羅特曼還是要大聲抱怨：「它們就是不夠。」

加入特羅特曼討書陣容的還有駐紮在太平洋的士兵們。例如，一九四五年五月一名美國步兵就寫信給委員會，陳述戰士版書帶來「許多寶貴的輕鬆時光，這對於一個隨軍事單位困在外國的士兵來說十分珍貴。」他寫這封信的同時正享受著一段放鬆時光，準備投入下一次的例行戰事。不過「下崗娛樂是這些士兵亟待解決的一個極私人的問題，」他說。眼前書籍和其他讀物已被看完。「我們的胃口是個無底洞……我們的娛樂問題現在非常嚴重，」如果委員會能「以書籍的供應來回應這樣的請求，我保證它們會被公平地發送，我寫的這封信謹代表這群人中的每一位。」

另一個要求供書的壓力則來自特殊服務局。由於負責為駐紮在全球各地的美軍提供鼓舞士氣用品，特殊服務局的官員深恐他們無法滿足這次調遣所爆出的書籍需求量。一九四五年在一次有兩百名

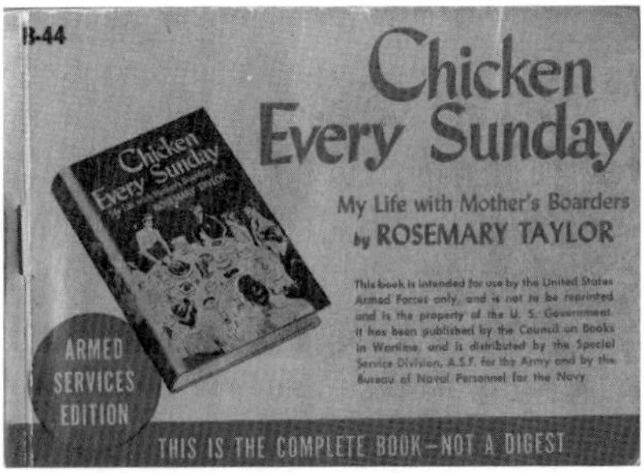

貝蒂·史密斯的《布魯克林有棵樹》和羅斯瑪麗泰勒的《快樂無疆》都因為描述風趣的，美式生活而深受喜愛。閱讀它們如同開個小差或收到一封美好的家書。（圖片來源：Author's collection.）

特殊服務局官員參加的會議中，他們估算出需要更多的書籍，才能供給戰鬥區域內的每位士兵每月一本新書。局長約瑟夫·拜倫（Joseph Byron）在談話中提到，戰士版書是「特殊服務局為提振士氣所執行過的最重要任務。」某位曾與戰鬥部隊合作超過兩年的特殊服務局官員十分擔心他負責補給的那些士兵，於是他寫了信給委員會，要求更多的書籍。他堅稱，就是「再多也不夠」，戰鬥部隊急需索恩·史密斯（Thorne Smith）、厄尼斯特·海明威、約翰·史坦貝克（John Steinbeck）、亞倫·史密斯（H. Allen Smith）、第凡內·柴爾（Tiffany Thayer）、辛克萊·路易斯（Sinclair Lewis）、洛伊德·道格拉斯等人的書。士兵們也從沒停止要求《布魯克林有棵樹》、《快樂無疆》、《永遠的琥珀》和《奇異水果》這幾本書。

就連士兵家屬也來信強調，被調遣的軍隊需要比以前更多的書籍。在一封特別直白的信中，一位婦女要求委員會幫幫她的弟弟和其所屬的整個單位；因為他們的神經都快要失調了。她弟弟和所屬的海軍陸戰隊才剛打完非常激烈的戰鬥，他在最近的一封來信中堅稱他們迫切需要一些好書。「你們是知道的，」她說，「我的小鬼頭弟弟已經打了十四個月的戰……現在事情好不容易平息了，」但是「他們卻聽到一個壞消息，說在被替換之前他們必須再待（在太平洋）二十四到三十個月。

> 這些孩子看起來非常沮喪，他們吵著要一些好的讀物。」她在信的結尾寫道：

「附筆，請你們定期發送各類書籍的時候，別忘了將這群小伙子放進你們的郵寄名單。這群海軍陸戰隊員不僅要打日本人，還要跟環境、疾病作戰，相信我，如果沒有一點東西幫他們忘卻周遭環境的話，他們鐵定會崩潰。」

一九四五年年初，史特恩和陸軍官員會面，共同腦力激盪了一番。要如何製作出更多的書籍？接著史特恩向委員會回報，說明陸軍正考慮透過戰時生產委員會強迫印刷廠印製戰士版書。儘管政府有履行契約的義務，必須供應戰士版書用紙，但當史特恩獲知有政府供量之外的一百四十一公噸紙張要出售時，執行委員會馬上授權史特恩將它買下。美國陸軍和特殊服務局也加入積極爭取資源的行列，以確保書籍的印製能衝到最大量。

然而即便盡了這些努力，但要擴充產量還得加上另一個要素：錢。特羅特曼中校在一九四五年五月的報告中說明陸軍已經沒有多餘的預算來支付戰士版書的印製費用；想要印製更多戰士版書唯一可行的方法就是想辦法降低每一本書的生產成本。「如果經費許可的話，」特羅特曼向委員會執行委員會報告，「陸軍方面可能增加三分之一左右的戰士版書，約莫等於十六萬至十七萬五千冊書籍的訂單」，這裡說的是每個月的量。不過特羅特曼對於要如何拿到這筆經費就毫無概念了。

執行委員會在他離開會議後，討論如何從原有的生產成本中去除所有可能的浪費，其中包括會影響每本戰士版書價格且具爭議的一分錢版稅。打從一開始，有些作者和出版公司就反對從戰士版書中抽取任何版稅，但委員會堅持要維持一個制式化的契約，硬是將作者和出版公司綁在一起，共用一個名字，避免因為要應付每一締約方的脾氣和偏好而寫上數百份的個別契約。現在士氣驟降，委員會只好改弦更張。總之，為了節省版稅，多寫幾份契約又何妨。於是作者和出版公司可以自由選擇是否放棄一分錢的版稅。

儘管如此，還有另一個供應方的問題。委員會的編輯委員會向史特恩抱怨，他們「為了確保新書的出版已經掏到甕底了」。他們希望降低每系列的出書量——從四十本降至二十八本——以免濫竽充數。史特恩反對這種做法，但對委員會的兩難深表同情。因為戰爭的關係，國內市場的新書出版量逐年遞減。一九四二年就比四一年減少了百分之十，且接下來的幾年也是有減無增。一九四三年分給每家出版商的紙張配額，更是被砍到他們一九三九年紙張用量（以重量計）的百分之三十七又二分之一。另一方面，交給出版商付印的稿件也大幅度滑落。許多知名作者都服了役或從事軍事工作——他們不寫書了。某家報紙就戲謔地說：「縱使果真如諺語所言，筆的力量比劍大，但是在徵兵局的程序規則裡卻找不到這條規定。」

最後，史特恩提出了一個妥協方案。他在一次執行委員會議中建議委員會可以增加每月再版書籍的冊數。執行委員會認可了史特恩的計畫——他建議每月需有二十八本書籍是新出版的（亦即以前沒被印製成戰士版的書籍），其餘部分可以是再版或「自製」書籍（後者為委員會將一些故事、廣播文稿和詩詞等集合而成的書籍）。最後總共有九十九本書再版和七十三本書的自製書，它們緩解了編輯委員會的負擔。

委員會所製成的書包括：《紐約客的特約記者》（*The New Yorker Reporter at Large*）、《五個西部故事》（*Five Western Stories*）、《恐怖事件和其他奇聞》（*the Dunwich Horror and Other Weird Tales*）、《愛的詩篇》（*Love Poems*）、尤金・歐尼爾的《戲劇精選》（Eugene O'Neill, *Selected Plays*），和埃德娜・聖文森特・米萊的《抒情詩和十四行詩》（Edna St. Vincent Millay, *Lyrics and Sonnets*）。

史特恩除了被經濟、供應和需求這些問題弄得焦頭爛額外，他還得面對一位不好應付的盟友——海軍圖書部門主管伊莎貝爾・杜布瓦的頑強抵抗。和她對待勝利募書運動的態度一樣，她也對委員會的工作很有意見，並且從不吝於出言批評。她在一九四五年六月的那一整個月裡寫了無數封的信給「親愛的史特恩先生」，抱怨戰士版書的各種雞毛蒜皮問題。她痛恨書名冠上「精選」兩字的書，如「某某某的短篇小說精選」或「某某某的詩篇精選」等等。她認為它們聽起來很刺耳。

杜布瓦還報怨戰士版書的T系列，因為「裡面沒有一本書的封面是釘上去的」，它們都是黏上去的。在內部備忘錄中可以發現委員會成員對杜布瓦越來越感到不耐。就如同一名出版商說的，她有一種特別的本事，可以「把別人都不會在意的小事變成大議題。」而史特恩的最大本事就是忍，他一一回答了杜布瓦的每一項關注。他向杜布瓦保證，委員會以後的版本在書名上會盡量避免使用「精選」兩個字。有關騎馬釘和膠水的爭議，史特恩則向她解釋說，在一開始，亦即每本書的印量只有五萬冊的時候，所有書籍都可以用騎馬釘來裝訂。不過當計畫一下子跳到每本十五萬五千冊的印量後，已遠遠超過印刷廠的負荷，因而不可能再加釘騎馬釘了。

史特恩還說，委員會在發送超過五千萬冊的書籍後，「沒收過任何一封來自海外的投訴信」，這證明了「封面的防水膠的確發揮了令人滿意的功效」。有這麼一個盟友，實在是一項策略上的錯誤。杜布瓦無非只想證明她有最後的決定權。她後來又澄清了先前的那封信「就該被當作是一件投訴」，她相信戰士版書的封面應該很容易剝離，所以「得採取一些步驟使得封面……更牢靠」。

連委員會的印刷廠也憎恨和海軍合作。委員會出於需要不得不改變戰士版書的包裝，海軍視察員便發了一頓脾氣，並且遷怒負責包裝事宜的印刷廠。發生在史翠特與史密斯印刷公司（Street & Smith）裡的場面越來越火爆，某位壞脾氣視察員的態度終於致使公司經理口出威脅，說「不再替海軍印製任何書籍了」。委員會不得不介入安撫雙方。多虧了史特恩的專業素養，這些令人頭痛的事情和抱怨從沒有減緩戰士版書的印製。

✵

一九四五年的秋天，一些納粹德國知名的政治軍事領袖被控密謀破壞和平計畫和發動侵略戰爭、犯下戰爭和違反人道的罪行，而在紐倫堡（Nuremberg）接受審判。被控罪犯包括資深納粹官員赫爾曼・戈林（Hermann Göring）及納粹德國的外交部長約阿希姆・馮・里賓特洛甫（Joachim von Ribbentrop）。

戰士版書在歐洲已經普及到連紐倫堡都可以發現它們的蹤跡。參與過兩次世界大戰的退伍陸軍少校艾利斯・范德・派爾（Ellis C. Vander Pyl）將亨利・霍夫的《鄉下編輯》（Henry Hough, *Country Editor*）隨身帶在口袋裡兩個月後，終於在一九四五年的九月有了機會寫信給霍夫。派爾只要有時間，他就會讀上幾頁這本關於霍夫在瑪莎葡萄島（Martha' Vineyard）的小報擔任編輯兼投稿人的書。派爾非常珍惜這本書。「當一個人遠離了家鄉，遠離了那段蘊藏著麻州老鎮童年的過去時，時光變得容易倒轉，只要一閉上眼，過去的種種就歷歷在目。」有鑑於剛完成的歷史性任務，他特別懷念那段單純的時光。

兩個星期以前，我在紐倫堡審問那些曾帶給數百萬無辜人民痛苦的人士，那個時候馮．里賓特洛甫問我是否看過這本書。這些人也正讀著由紅十字會提供的同類型書籍。我希望他們每個人都能讀到《鄉下編輯》。比起那些只會一味歌頌美國好偉大的作品，它更具說服力。住在隔壁陽春牢房裡的那個臃腫暴躁的男人在讀聖經。由於（赫爾曼．戈林）戴眼鏡，牢房裡的守衛在他讀畢後便將他的眼鏡收走。

回想起先前參與的戰爭和爾後的紐倫堡經驗，派爾發現自己陷入沉思當中，思索著「美國之所以強大的原因」，他把他的答案告訴霍夫：「因為我們國家真的有你在《鄉下編輯》中描述的那些人。」

第十章

久違的和平

CHAPTER 10

PEACE AT LAST

「我以前的單位是少數幾個休息有著落的部隊，它可以等船將我們帶往另一處說著不同語言，但卻打著相同戰爭的土地暫時喘口氣。這群兩棲怪胎見過太多的行動，倘若他們真能如願先回頭登陸美國的話，一定也會習慣性地開槍，並在康尼島（Coney Island）四周築起一個灘頭陣地。他們也有可能在那裡挖起壕溝，繼續作戰下去，直到復員稀釋了他們的部隊，並允許地方游擊隊他們的殘員趕下海。」

——比爾．茅汀（Bill Mauldin）

一條前線崩解後，同盟國將全部的力量放在日本，有些士兵也開始對自己的未來做起夢來。漸漸地，戰爭偷走了家鄉的詳細印象，一些士兵開始懷疑它是否就是他們所想像的樣子。一名士兵說：「家鄉已經在我們的腦海中逐漸消失了。家鄉變得很不實在，只剩下模糊的記憶，除了最親近的那群人之外，所有的名字、臉孔和聲音都不見了。槍炮、飛機、地雷和炸彈強逼著它們離開了我們。」一個原本應該很熟悉的地方不再熟悉。戰後他們將何去何從呢？家鄉會是什麼樣子呢？想要再成為一個普通百姓會很困難嗎？

首要擔心的是找工作。在他們加入陸軍或海軍的這段時間，經濟還沒有完全從大蕭條中恢復過來。直到一九四〇年，失業率據估還是徘徊在百分之十五左右。再加上戰爭期間有許多婦女和少數族裔進入了職場，搶走了原本傳統上屬於男性白人的工作。有人擔心如果這些新工人持續待在崗位上，留給退伍軍人的工作就會變少。有關就業市場的強度和工作類型等種種實際問題隨處可見。也有人想著是否能利用在戰爭中所學習到的技能謀職。許多士兵為了通過考試和進階參加了不少教育課程，並花了很長的時間研讀數學、科學和科技書籍。他們不想讓這些知識白白浪費。

委員會決定在每月的系列書籍中，開始為那些已經在認真思考未來的人加入實用的非小說類書籍。一些以此為目標被選上的書終於在戰後出版。達萊爾・哈夫與法蘭斯・哈夫合著的《二十種未來行業》（Darrel & Frances Huff, *Twenty Careers of Tomorrow*）討論了戰爭對就業市場的影響，並提供許多職業——包括塑膠、紡織、回收、航空、冷凍、出版、電視和廣播、教育、醫療、市場調查、汽車業——的相關訊息。另一本在陸軍要求下出版的實用書籍為威廉・坎貝爾與詹姆士・貝德福特合寫的《你和你的理想工作》（William G. Campbell & James H. Bedford, *You and Your Future Job*）。這本書告訴你該如何選擇一份職業，並特別針對因戰爭而傷殘、年齡超過四十歲者和婦女提出建言。至於那些只要有錢賺管他什麼職業的人，也有約翰．沃頓的《謀生的理論與實作》（John Wharton, *The Theory and Practice of Earning a Living*）可供參考。

幾乎所有上過前線的軍人都知道拯救生命的醫學技術變得有多進步。磺胺，一種可以撒在傷口避免感染的物質，是每個士兵的必攜品。關於傷重士兵使用磺胺而獲救的故事屢屢皆是。戰士版書如《盤尼西林的故事》（*The Story of Penicillin*）、《軍中醫療奇蹟》（*Miracles of Military Medicine*）和《緬甸外科醫生》（*Burma Surgeon*），就是用來鼓勵士兵或可考慮從事某些醫療工作的。

至於想從事法律工作的人。亞瑟．崔恩（Arthur Train）的幾本戰士版書裡虛構的律師伊弗雷姆．圖特（Ephraim Tutt）——他總是能將客戶從法律難題的泥沼中，亦即只有在小說中才會發生的情節中拯救出來，也鼓舞了許多士兵去讀法律學校。更有人因為讀了貝拉米．帕特里奇的《鄉下律師》（Bellamy Partridge, *Country Lawyer*），這本浪漫化一位討喜小鎮律師的執業故事書，而決定要當律師。對於那些比較喜歡直接打擊犯罪，而不想花心思起訴罪犯或幫其辯護的人來說，約翰．傅赫庭的《聯邦調查局實錄》（John Floherty, *Inside the FBI*）是一本值得他們探討的書。

學習科學和數學的士兵（如突襲工兵）可能會喜歡《科學寶藏》（*A Treasury of*

Science）、《科學改造世界》（*Science Remakes the World*）、《這個化學時代》（*This Chemical Age*）和《數學與想像》（*Mathematics and the Imagination*）等書。那些懷抱企業精神且想自己創業的人或可參考《小型商店與個體戶：零售指南》（*A Small Store & Independence: A Guide to Retailing*）。如果想以務農為生則一定要讀凱恩斯的《五英畝與自耕農：選擇與管理小農場》（M. G. Kains, *Five Acres and Independence: Selecting and Managing the Small Farm*），因為它提供了許多務農需知，大自如何挑選一塊肥沃的土地，小至如何養蜂。還有許多本書會吸引那些想要從事記者工作的士兵，梅耶．柏格的《八百萬》（Meyer Berger, *The Eight Million*）講述了一名紐約記者的故事；恩尼．派爾（Ernie Pyle）的作品則自述他身為戰地記者的種種經歷；以及奧利弗．格拉姆林的《美聯社：新聞的故事》（Oliver Gramling, *AP: The Story of News*）也值得參考。

若說戰士版書創造出了全新的讀者群一點也不為過。而且還是一個幾乎每個人都自認可以成為作家的全新讀者世界。令人哭笑不得的是，委員會馬上被攻陷。士兵們紛紛來信表示希望出版他們的戰爭故事。陸軍二等兵喬治（George）寫了一封文情並茂的信給委員會，表達他想為步兵生涯出書的熱切期待。他形容他在前線的生活簡直就是一團「死亡，加上雨水、小蟲、蒼蠅、泥巴和蚊子」的大混亂，並且開玩笑說先前所從事的工作（在康乃狄克州經營一家婦女用品店）可不是為了讓他在炮兵營待上一輩子的。不過他堅持以幽默和美感來面對困境，即便是單調地挖著他那第一千零五十四個（這一個是他用來寫作的）傘兵坑也不例外。

喬治深受恩尼・派爾的戰士版書的啟發，希望以「一種派爾的方式」：「帶著些許同情和感情，外加人道主義，直鋪地、坦率地、充滿人性地」寫出他的經歷。喬治用來寫信的信紙是從紙袋剪下來的，因為他的「書寫紙（被）浸濕了」；他必須「蒸」整疊信封，才有辦法找出一個全乾的來寄這封信。

✻

一九四五年夏天，「戰爭史上最猛烈的炸彈攻擊」正式啟動。由於一心急著想要摧毀唯一剩下的敵人，同盟國對日本海軍和城市採取猛烈的轟炸攻擊。在確保同盟國在關島、賽班島和馬里亞納群島基地的安全上，美國 B-29 轟炸機的確展現出它在太平洋的絕對優勢。單單馬里亞納群島就有多達八百至一千架的 B-29 轟炸機隨時整裝待發。儘管這些飛機使出了如豪雨般的摧毀轟炸（截至一九四五年六月，東京估計有百分之五十的面積遭到摧毀，而許多日本工業中心也被同盟國的炸彈夷為平地），但日本大多數的戰爭工業依舊毫髮無傷。

美國的 B-29 轟炸機每天在日本城市拋下七十五萬份的傳單，呼籲日本儘速結束無謂的抵抗並且無條件投降。日本總理大臣鈴木貫太郎在六月初還頑抗地宣稱日本將會戰到最後，他極具信心地預測日本「會在我們的國土上，一次完全不同於小島上的決定性戰役中殲滅敵人」。但是到了六月九日，菲律賓國會舉行了自一九四一年以來的第一次會議，日本對菲律賓的掌控盡失。隨後不到兩個星期的時間，沖繩在經歷長達數月、數次的猛烈陸、海、空戰鬥之後，終於落入了同盟國的手裡。

✵

到頭來沖繩島竟是太平洋戰爭中最後的一場大戰。雖然入侵日本本土的計畫已經就緒，海軍陸戰隊也已準備好做一殊死戰。但在一九四五年的八月六日，一架美國 B-29 轟炸機悄悄飛進廣島（Hiroshima）這個日本重要港口和軍事中心的上空，並且投下了一顆四百磅的原子彈。由於沒有事先預期到新武器的威力，B-29 轟炸機上的機員簡直不敢相信它所釋放出的狂暴威力。其中一人回憶：「先是一次可怕的閃光，即便是在大白天裡……幾次強烈震波衝著飛機而來。」然後白色煙霧曲捲成一個蕈狀雲，直竄兩萬英尺高。四平方英里，或城市的百分之六十完全被夷平；輻射範圍外的房屋和其他建築物也遭到無法修復的毀滅。

廣島的轟炸過後不久，杜魯門總統發出警告，如果日本領袖們不馬上接受同盟國的投降條件，「他們就等著從天而降，在這世上可能從未見過的毀滅之雨」。在廣島造成混亂後七十五小時，第二顆原子彈被丟到長崎。這顆炸彈徹底毀損了百分之三十的長崎，諾大片的城市瞬間成為廢墟。杜魯門總統於八月十日再次警告日本，除非它投降，「否則我們將使用原子彈……毫不留情地」，而「炸彈必會落在戰爭工業區，不幸地，也將有數以千計的百姓生命陪葬」。經過五天的煎熬與等待，日本終於在八月十四日下午七點零三分（東方標準時間）正式宣布無條件投降。戰爭——終於結束了，對日戰爭勝利日終於到來。

整個世界頓時陷入一片歡慶聲中。在紐約市，時代廣場的廣告看版登出了這則消息，人們爆出如「原子彈威力」般的情緒，掀起一陣超過二十分鐘的「勝利吼叫」。根據紐約時報的報導：「克制被拋諸腦後。那些聚在街頭的人群將帽子、盒子、旗子全都往空中拋去。顧不得危險，探出辦公大樓和旅館窗戶的人也灑下了大把的紙張、五彩紙屑和彩帶。男女互相擁抱——大家都是一家人。」在倫敦，美國和英國士兵所排成的長列康加舞隊形綿延整座城市，他們隨手抓了個舞伴，邊跳邊慶祝，長達數小時之久。

在巴黎，士兵和陸軍婦女軍隊隊員跑到街上和法國人握手言歡，並沿著香榭麗舍大道組成即興遊行隊伍。一名被困在喧鬧中的軍卡車司機乾脆下車發送陸軍《星條旗報》——標題寫著「史汀生說他將重新思考陸軍是否該裁。」「他媽的最好如此。」這名司機咆哮道。柏林的一名戰地記者報導說那裡的美軍都雀躍不已，因為太平洋的戰事平息，他們得以免除戰鬥並可加速復員。在沖繩島上，原本以為自己還要多待上幾年才能回家的美軍，「都互相拍拍肩膀、跳舞、大聲歡呼：『去他媽的四八開金門，我們將在九月八日回家。』」

在天寧島（Tinian），一群 B-29 轟炸機的駕駛正在做他們的第三十五次任務簡報——他們回家前的最後一次——一名組長打岔並通知士兵，他們這次的任務取消了。莫名的歡樂湧現，因為這三百位即將冒著生命危險執行一次白天任務的士兵終於解脫了。在關島，新聞瞬間引爆，各式武器對空齊發以示慶祝；不知打哪兒來的威士忌酒瓶四處傳遞，士兵們舉杯同慶和平的到來。回到美國首遭炸彈攻擊，數千年輕生命因而結束的夏威夷，B-29 轟炸機低空飛過，地面上的行人紛紛觸帽致意。總算結束了。一九四五年九月二日，日本在密蘇里號戰艦上正式簽署了投降文件。

✻

委員會，如許多戰時組織一樣，開始逐步收編。在一九四五年八月的一次執行委員會議中，某幾個委員建議即刻解散委員會；也有人認為戰士版書在復員期間仍有存在的必要，因而委員會還需繼續運作一段時間。陸軍預估六百萬士兵的復員工作不可能於一九四六年七月一日或稍晚執行完畢，更何況陸軍宣布占領部隊在歐洲會需要到五十萬的士兵，太平洋需要九十萬，另外還需六十萬來負責監管頭一年的和平。於是委員會和陸軍部定調，書籍仍有持續印製的必要。戰士版書在一九四六年上半年會以每本十一萬冊的出書量繼續出版；從一九四六年的七月開始，出書量則計畫降為每月每本八萬冊。

許多出版商在獲知委員會還不會解散之後感到欣慰，並且希望能持續出版一些新書。諾頓圖書出版公司（W.W. Norton）就在一次委員會議中說：「只有短視的人才會想將如此成功的出版合作企業解散。」諾頓圖書出版公司甚至贊成設立一個「更大的和平時期圖書組織」。並認為委員會已經幫它打好了基礎。

一九四五年十二月，菲利普．凡．多倫．史特恩離開戰士版書的經理職務，回任口袋書出版公司的全職工作。在計畫伊始曾經協助設計戰士版書的史丹利．湯普生成為繼任者，當時他甫在《美國佬》那邊服完軍事替代役回到美國。截至此刻，委員會仍以為它的戰士版書部門將在一九四六年的夏天結束作業，因為委員會上次與政府訂定的契約書上已經言明，戰士版書的印製在敵對狀況結束後最多只持續一年。然而，接替特羅特曼中校的陸軍圖書館部門主管保羅．波斯特（Paul E. Postell）卻認為，過了一九四六年夏天仍會有五十萬或更多的占領部隊隊員滯留海外，他們還是需要圖書。這些士兵絕大部分會在獨立的保安單位服役，而那些單位很難透過一般圖書館提供服務。剛從海外服役歸來的湯普生堅信讀物的需求仍難以滿足。戰爭或許已經結束，但口袋大小的平裝書的需求可還沒有結束。陸軍和海軍都希望委員會能夠再運作久一點。

陸軍和海軍人數急遽減少，所以新書的出書量也需要縮減。陸軍在一九四五年十二月估算，它的每月書籍訂單將包括十二或十五本書，頂多兩萬套的量；而海軍則希望能保持約在五千套左右。計畫規模的急遽縮小（約是戰士版書生產最高峰時的百分之十五）產生了一些問題。較少的書意味著較高的價錢，委員會盤算陸軍是否該直接購買國內版的平裝書，因為口袋書和其他出版商所售的平裝書均少於二十五分錢。但相較於戰士版書，它們還是貴了點，它們每冊約貴上五分錢。

一九四六年初的幾個月間，波斯特、湯普生和戰士版書管理階層繼續就湯普生所提出的幾個降低製作成本的想法進行協商。最後，他們決定採用口袋書出版公司的印製方法，捨棄勞力密集的鉛版印刷，改採現代印刷術來降低製作成本，如此一來，委員會可將單次生產量為兩萬五千冊的每冊書之製作成本降為十八分錢。委員會於是和海、陸軍簽約印製系列ＩＩ至系列ＴＴ，以供一九四六年十月至一九四七年九月的發送。由水牛城的克萊門特印刷公司（J.W. Clement Company）負責印製，戰士版書持續以每月十二本書，或每月約三十萬冊的速度印製出書。

戰士版書至此變得與先前不同，系列ＩＩ至系列ＴＴ的外觀如一般平裝書——它們留有上下邊，因此長比寬高。每頁的文字從兩欄改為一欄。也不再有兩種尺寸的戰士版書；新的直立版式書籍全都是四又四分之一乘六又二分之一英寸的大小。某些特色則予以保留。所有的戰士版書封面同樣具有一個縮小的精裝書書套上的原始圖像，封底則提供簡短的內容概要，封底內頁仍列出本月印製的十二本書。

在履行系列ＩＩ至ＴＴ的契約期間，陸軍突然通知委員會它的預算被砍，因而不再能支付所預定的戰士版書費用。兩軍都堅稱它們仍想要簽約購買書，只因為預算徹底被砍，一時在經濟上無法支應。一九四七年一月在一次的董事特別會議中，首先題議開創戰士版書的麥考姆．詹森認為委員會應先審視它的財務狀況，再決定是否繼續印製書籍。結果他們發現委員會還有一筆將近四十五萬美金的公積金。詹森於是提議與陸軍和海軍另簽一份新契約，以此筆公積金來支付到一九四七年九月的書籍印製費用。董事們通過一項決議：陸軍和海軍需各付一元美金的違約金以換取委員會ＮＮ至ＴＴ系列的印製——共一百五十一萬兩千冊的戰士版書。委員會將代付其餘費用。

✵

戰士版書終於在一九四七年的九月劃下句點。委員會解散，出版商各自紛飛。數百萬退伍軍人當中的許多人，都捎帶著一份他們在出發作戰時所沒有的閱讀之愛歸鄉。更遑論政府還來個臨門一腳，出書幫他們做好回復百姓生活的準備。

第十一章

可惡的提高平均分數者

CHAPTER 11

DAMNED AVERAGE RAISERS

「我們教導我們的年輕人要如何作戰，我們也必須教導他們如何在自由、公平和有尊嚴的社會中活得快樂，活得有意義。」

——羅斯福總統一九四三年向國會提出的咨文

早在戰爭結束以前，政府就思考過這次大規模的復員所可能產生的問題。主要的一個考量便是就業問題。要如何創造出滿足戰時勞動人口外加服完國家義務役的一千五百萬男女（多於全國總人口數的十分之一）所需的就業機會，令政府傷透腦筋。華盛頓方面擔心「大量失業所帶來的政治效應，考慮到將會有大群熟悉武器的年輕人流浪街頭，對自己無法在平民社會立足而忿忿不平」。

另一個令政府擔心的後方問題是，退伍軍人多少會帶著各種心理問題返鄉。有兩百五十萬的個案是基於心理疾病而被迫除役的。根除士兵的適應不良問題成為緊急的國安事件。至少，他們不願意在回家後被人拿來和「精神病」殺手相提並論。某位退伍軍人曾說：「這種把當過兵的人當作潛在犯罪狂人的普遍心態，可能是一名退伍軍人在返鄉和思鄉過程中最傷人的一段。」

士兵也有他們自己的憂慮。陸軍研究部門所做的調查顯示，許多士兵擔心他們將「難以安定下來，無法克服心神不定及適應一個穩定的工作，亦或無法戰勝戰爭所帶來的心理影響。」還有就是害怕自己難以適應平民生活，或不再習慣和朋友、家人相處。那些深刻記得初入伍時大蕭條所帶來的種種影響的士兵，則懷疑自己回到美國後是否工作依舊短缺。研究部門得知，有的士兵預見了「一個挖地溝和排隊領麵包的未來」；還有人預測國家將陷入另一次的經濟蕭條，更有人想像，為了戰後的生計，有一千一百萬的蘋果推銷大軍湧上了街頭叫賣。

國內經濟如何承受這麼龐大的退伍軍人潮，這個問題甚至早在日本投降前就已經成為討論和爭議的焦點。一九四四年國家義務兵役（Selective Service）主任劉易士・赫爾希（Lewis B. Hershey）少將在一段知名談話中爆出小醜聞，他說，將「士兵留在陸軍比放了他們之後再設個機構照顧來得便宜」。赫爾希還說現有的經濟體可能無法同時應付一千一百萬名武裝士兵和一千七百萬至一千八百萬從事戰爭產業的美國人。赫爾希的言論激起幾百萬看到《美國佬》這篇報導的士兵之憤慨。「如果這個計畫是關係到一群牛的話或許還說得通，」路易士・多伊爾（Sgt. Louis Doyle）中士這麼評論，因為牛「肯定是群養比個別放養便宜……不過我要提醒華盛頓諸公，我們是人不是牛，而且我們有權利回到我們極力維護的社會。」政府並沒有接受赫爾希的論點；相反地，政府把施政重點擺在要如何滿足歸鄉士兵的各種需求上。

羅斯福總統曾推動新政幫助美國擺脫大蕭條的困境。現在他一樣支持立法來協助退伍返鄉的軍人。早在一九四三年羅斯福就呼籲國會起草一個法案，承諾以政府的經費資助榮退返鄉的士兵進入大學就讀和接受職業訓練。「我們動用了戰時可提供的一切計畫、巧思、實體資源和金錢，讓他們在戰爭期間接受最好的訓練、設施、食物、居住和醫療，以及最安全的保護和照顧。」羅斯福在一九四三年的國會咨文中這麼說。同樣地，他也相信國家有義務在戰後提供最好的訓練和設施給它的退伍軍人。

羅斯福期待透過立法，提供給每名士兵一筆相當數目的退撫金，幫助他們度過謀職和重新適應平民生活的難關。基於某些武裝部隊成員可能無法馬上找到工作，所以在他們被私人企業雇用前，羅斯福總統希望能夠設置失業救濟金填補他們的經濟空窗期。至於那些為了服義務役而中斷學業的男女士兵，羅斯福則要求國會提供再進大學或申請技術訓練的機會——由政府出錢。羅斯福還希望國會立即行動勿延遲。「沒有任何事情。」他說，會「比讓他們知道他們的戰後教育與技術訓練有了著落，更有助於維持軍隊的高昂士氣了」。

在羅斯福總統宣布這些目標的時候，學院教育是大部分工人階層家庭難以企及的。更遑論要讓每個夠格的退伍軍人都可拿到大學學位。在一九四〇年工人年平均所得低於美金一千元，而大學教育的年花費，約莫介於州立大學四百五十三美元與私立大學九百七十九美元之間。按照羅斯福的計畫，高等教育將不分貴賤地予以美國歷史首見的全額補助。退伍軍人的教育民主化不正符合了高舉著自由與民主之名的戰爭所要的結果嗎？

一個退伍軍人組織——美國軍團（American Legion），接下了這個合乎羅斯福願景的法案起草任務。經過數月的熱烈討論，「退伍軍人綜合救濟法案」，亦或所謂的「一九四四年士兵再適應法案」終於提交國會。由於法案名稱顯然極具「政治閹驢性」，軍團的公關主任建議將其更名為「美國軍人權利法案」。這個動聽好記的名字旋即為大眾所接受。

美國軍人法案允諾士兵及在陸軍和海軍服役的婦女——陸軍婦女隊和海軍志願緊急服役婦女隊隊員——可獲得諮詢、殘障、失業補助，住宅和創業的低利率貸款，以及為期兩年的大學或職業訓練。法案經參議院和眾議院無異議通過後，羅斯福總統為慶祝法案的簽署，於一九四四年六月二十二日舉行了一個公開的儀式。在儀式中，羅斯福說美國軍人法案「向我們在武裝部隊的男女士兵傳遞了一個強而有力的訊息，那就是美國人民絕不會讓他們失望」。

雖然政客們相信退伍軍人會踴躍利用美國軍人法所提供的各種福利，但是至少在剛開始時，此法卻少有人使用。在官員覺得退伍軍人無須全面依靠失業補助而鬆口氣的同時，他們卻也為美國軍人法中教育條款的明顯失敗感到氣餒。至一九四五年的二月一日止，一百五十萬名除役士兵中只有一萬兩千八百四十四名——少於百分之一——尋求教育補助。只能說「失望」兩個字遠不足以形容陸軍官員的心情。《週六晚郵報》的調查結論顯示，一般士兵「沒興趣讀書；他也對嚴格編制越來越不耐煩。」士兵寧願就業也不願意就學，《郵報》這麼說。

《郵報》說錯了。在海外的士兵都心急著想要申請免費的教育課程，只是許多人礙於資格不符。最大的問題出在法規的資格限定：年齡需在二十五歲以下者才得以接受為期至少一年的教育。數以千計的申請者因此被排除在外。「我多希望這個法沒通過，」某位年齡超過二十五歲的士兵說。「我們國家這個自以為慷慨的保證言猶在耳……經過一段時間，在了解到此法所帶來的全面（實施）效果後，它竟變得如此令人感到生厭。」

聯邦政府注意到緩慢無力的申請率，以及申請課程的退伍軍人因礙於規定被退件所引發的抱怨。到了一九四五年末，戰爭終於結束時，國會對此法做了大幅度的修正。由政府支付的受教育年限從兩年增為四年，而阻礙美軍申請教育課程的年齡限制也被拿掉了，並增加基本生活費的補助，用以彌補支付大學學費外的生活支出——諸如生活用品、房租和書籍等花費。這個為較大年紀退伍軍人所詬病的二十五歲的年齡限制不見了。此外，士兵也有了較充裕的時間開始和完成他們的教育；經修正後，原本需在七年內完成的個人教育年限延長到了九年。以易懂文字印發的各式宣傳單四處可見，協助美軍了解自己在返鄉後可享的福利有哪些。在軍中，則每個人都會分發一本約標準戰士版書大小，封面印有「回歸平民生活」的小冊子。它的內容包括，退伍軍人碰到因除役引發的私人問題時該前往何處求助，如何尋求舊工作的復職，如何謀取新工作或任公職等等。這本小冊子還提供了關於美軍權利法的一般解釋，亦即有關教育、失業、補償，以及退伍軍人住屋和創業保證貸款等權利的說明。

圖書館員再次有所行動，國內圖書館又進入了它們的調整期。如同當初美國轉變成一個戰爭中國家，圖書館員得教育他們的顧客（從在地的勝利菜園該種什麼蔬菜，到開一份可以讓人們了解為何發生此次大戰的書單等等）時一樣，現在圖書館員也為國家的復員出一分力。

許多圖書館員與紅十字會、退伍軍人管理局合作，推出種種計畫，協助退伍軍人進一步了解美國軍人權利法。圖書館員也提供各種建議，從再就業和職業重建，到退伍軍人如何申請貸款、保險或教育課程等無所不包。有的圖書館爭取到重新調適的相關影片並舉辦電影之夜；有的則開出特別閱讀書單，列舉出可以幫助家人解決各種復員問題的書籍。更有圖書館提供咨詢服務協助退伍軍人申請各項福利，並將他們可能會感興趣的計畫告知他們。

✻

從一九四五年八月到一九四六年一月，共有五百四十萬名士兵從陸軍和海軍除役。當這些退伍軍人充分得知了美軍條款所賦予的福利後，「大學計畫馬上變成大熱門，年度註冊人數在一九四八年達到它的高峰近九十萬人次」。在為期九年的這個計畫中，約有七百八十萬名退伍軍人在美軍條款的保障之下參加了教育或訓練課程，其中有兩百二十萬名軍人註冊大專以上的課程。在一九四七年至四八年間，美國大學裡的學生有一半是退伍軍人，而大學生的總人數也比往年多。

雖然稍早有評論者認為，退伍軍人並不想學習、不喜歡念書，且傾向於立即就業，但退伍軍人很快地就贏得成熟、認真的學生美譽；他們按時上課、認真記筆記、用功讀書並且獲得好成績。非退伍軍人學生開始排斥班上的退伍軍人，因為前美軍的高分嚴重破壞了分數曲線。加州大學的平民學生叫退伍軍人學生「達爾斯（DARs）——可惡的提高平均分數者」。「開口閉口都是書、書、書。」賓州理海大學（Lehigh University in Pennsylvania）一名誇張的學生這麼說他的退伍軍人同學。「他們是如此認真，為了趕上他們，我們也只好跟著苦讀。」

全國退伍軍人的總體表現超出大學對他們的預期；他們的退學率比非退伍軍人學生來得低，工作態度也令許多老師感到驚喜。某位教授就說退伍軍人有「一種無價的特質，而這種特質回應了每位老師的心願：他們願意學習」。退伍軍人的熱誠不僅表現在他們的班上，他們還會選念一些較吃力的課程，「特別著重於商業管理，其次是法律、醫學、牙醫和教學等專業領域，接著是人數上與上述相差無幾的機械、建築、物理學、人類學和社會學。」就連當初反對美軍條款的人士也不得不承認退伍軍人是好學生。哈佛大學校長詹姆斯．布萊恩特．科南特（James Bryant Conant）訝異於透過軍人條款進入大學的學生素質。科南特否定了自己早些年的意見，在一九四六年公開宣稱美軍條款是「一個令人振奮的跡象，顯示社會階層流動性的民主化過程確實在運作，它穿透了階層的藩籬，就連在美國這個藩籬也造成大學教育為少數特權所壟斷。」許多退伍軍人公開感謝軍人條款改變了他們的一生。

可惜的是，即便在修正後的軍人條款的保障之下，也並非所有的退伍軍人都享有相同的教育機會。雖然條款上沒有特別將非裔美人和女性退伍軍人排除在外，但這些退伍軍人回到的是一個仍贊同種族隔離學校，且多數人認為婦女留在家中的一個國家。對非裔美國退伍軍人而言，他們的教育機會是受限的。套句歷史學家克里斯托弗．羅斯（Christopher P. Loss）的話：「法定隔離政策阻絕了黑人退伍軍人進入絕大部分是白人的菁英大學就讀，至於他們可以進入的全黑人學校卻因為經費不足而無法應付黑人退伍軍人的需求。」

雖然非裔美人占美國學院和大學學生人數的百分比，在一九四〇到一九五〇年間增加了三倍，但還是有許多準大學生因為膚色的緣故遭到拒絕。至於那些透過美軍條款取得學位的非裔美人，卻又礙於就業歧視而無法謀得與學歷相稱的職位。擺在非裔大學畢業生面前的職缺多是不需要任何學歷就能勝任的底層工作。從對日戰爭勝利日起，到美國聯邦最高法院對布朗訴托皮卡教育局案（Brown v. Board of Education）做出廢除種族隔離學校的劃時代判決為止，這期間相隔近乎十年。

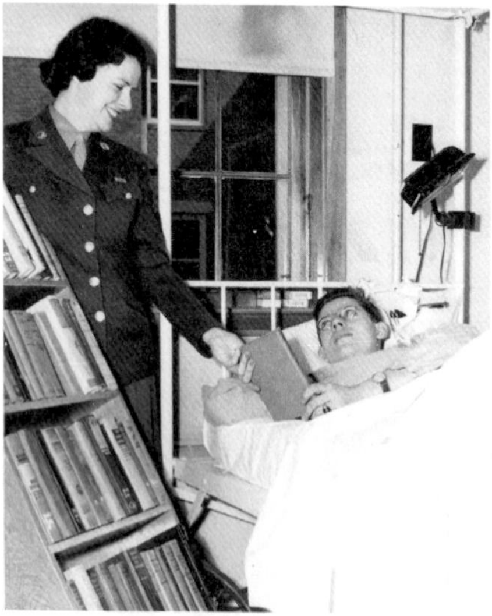

醫院裡的傷患無不藉著閱讀來打發時間。照片裡，陸軍婦女隊的隊員正推著一架子的書籍讓一名在義大利戰役中受傷的美國士兵挑選，他選中了其中的一本。（圖片來源：Author's collection）

之後又花了十年，公民權利運動始告成熟，至此真正的公共學校才得以全面落實。

至於女性退伍軍人，社會壓力迫使她們當中的許多人放棄了美軍條款所賦予的教育及其他機會，回歸傳統家庭角色。曾極力呼籲婦女投入戰爭產業，填補百萬男人因服役而空下來的職缺的這些決策者與工會也在戰後改弦易轍。為了響應「回歸廚房」運動，婦女被請離職場讓位給男性退伍軍人。也由於雇主較喜歡聘用男性員工，女性的就業障礙不減反增。在這種環境底下，婦女面臨了和非裔美人一樣的困境，即便透過美軍條款獲得教育學位，也缺少充分利用學歷的機會。決策者花了一些時間才明白，退伍軍人若能為職場吸收國內經濟就不至於逐漸蕭條。而一直要到七〇年代，高等教育才全面實施男女同校的政策。

✵

如果戰爭期間沒有將成堆的書送往訓練營和海外單位的話，許多士兵絕不會對閱讀、研究和重返學校產生興趣。感謝委員會設計出軍隊適用的版式，並且細心策劃篩選每月的閱讀配額，讀書成為了一種難以抗拒的樂趣——就連在戰前對此避之唯恐不及的人也難逃它的魔力。

曾於一九四三年對戰士版書抱持懷疑的《新共和》雜誌（*The New Republic*），

也在一九四五年評論說道：「即便『戰士版』只是替那些在加入陸軍之前就喜歡閱讀的人提供好讀物，而且還提供不少，也算得上是很值得的一項投資了。但事實上它遠超於此，它實質教會了幾百萬除了以連環漫畫為主的報紙外，沒有讀過任何東西的美國人讀書，讀好書。」委員會和勝利募書運動向世人證明，它們對戰後讀書風氣和研究的盛行功不可沒。正如紐約《郵報》（*Post*）一九四五年春天吹噓的，由於戰士版書，美國擁有「世界上最會讀書的陸軍」。

許多戰士版書作者親眼目睹了該企畫為美國戰後所帶來的衝擊。《大石糖果山》的作者華勒斯・史達格納（*Wallace Stegner, The Big Rock Candy Mountain*）吸引了「一堆美軍學生」註冊他在史丹福大學開的課。「我發現他們許多人都在南太平洋或歐洲戰場上讀過N-32。」他很滿意這本書對他的學生所造成的影響。「這本書成了我們之間的橋梁，」他說。它「讓他們對我懷抱某種信心，而我也對他們萬分敬佩」。其他一些與退伍軍人保持聯繫的作者，在戰後聯繫更為頻繁。

《只要我們還活著》的作者海倫・麥錫尼（Helen MacInnes, *While Still We Live*）絕不會忘記那位堅稱她的戰士版書「讓他喜歡上文學」的年輕士兵。這個年輕人開始閱讀，並且興起戰後進入大學就讀的念頭。幾年後，他完成了他的博士論文並寄上一份給麥錫尼，因為要把它獻給「一位啟發他閱讀的小說作家」。

這個世代的退伍軍人在返鄉前已有許多人在前線和柏拉圖、莎士比亞、狄更斯（Dickens）打過交道。也不乏讀過歷史、商業、數學、科學、新聞、法律相關書籍的。他們在面對取得大學學位的機會時，其實早就證明了自己可以把精力用於閱讀這種學術活動上並且發光發熱。如果能潛伏在槍林彈雨的傘兵坑中閱讀和學習，那麼應付教室裡的課程又何難之有？

✵

一九四七年發送到陸軍和海軍的最後一批戰士版書中有馬克斯・布蘭德的《偽騎士》（Max Brand, *The False Rider*，西部小說）、鮑伯・費勒的《三振故事》（Bob Feller, *Strikeout Story*，描述邁向棒球成功之路的傳記）、托馬士・科斯坦的《金融家》（Thomas B. Costain , *The Moneyman*，歷史非小說）、巴德・斯楚伯格的《無冕霸王》（Budd Schulberg , *The Harder They Fall*，拳擊小說）和克雷格・萊斯的《洛杉磯兇手》（Craig Rice, *Los Angeles Murders*，懸疑小說），至於最後被印製出來的一本戰士版書則是恩尼・派爾的《祖國》（*Home Country*），以此謹向這位在太平洋戰鬥中喪生的美國知名戰地記者致意。

士兵們在返家後才知道自己有多想念戰士版書。某位船長在寫給委員會的信上憶起戰士版書「跟著我一起經歷了戰鬥和現在的占領階段，更不用說它們還曾經是重要的士氣因素。」「我是這麼珍惜它們，」他說，「但願我回家後的未來歲月中還能時刻看到它們。」當業務結束時，委員會收到成堆的謝函，除了感謝這份書籍大禮外，更希望它能夠繼續出版戰士版書。

正如美軍條款保障所有退伍軍人皆能接受教育——不分貧富貴賤，書籍在戰爭期間同樣也走民主路線，這都要感謝平裝書的改革。戰前，僅有口袋書出版公司和企鵝出版集團實驗性地賣過平裝書。現在則有雅芳出版（Avon）、通俗圖書館出版商（Popular Library）、戴爾出版商（Dell）、矮腳雞出版商（Bantam）、蘭亭圖書公司（Ballantine Books）、新美利堅叢書公司（New American Library）等數家。

這些公司除了古典小說外，印製現代小說和非小說。有更多的出版公司跳上這班平裝書流行列車，銷售量也隨之大幅成長，從一九四三年的四千萬冊攀升到一九四七年的九千五百萬冊。到了一九五二年銷售更一舉跳上兩億七千萬冊。一九五九年平裝書的銷售在美國出版史上首度超越精裝書。平裝書不再侷限在雜貨店和連鎖平價商品店這些地方販賣。從傳統書店到書報攤、各式各樣的商店、菸草店、火車站，到處都有賣。士兵們不會再有戰士版書，但蓬勃的平裝書市場確保他們一定會有源源不絕的口袋大小的平裝書可看。

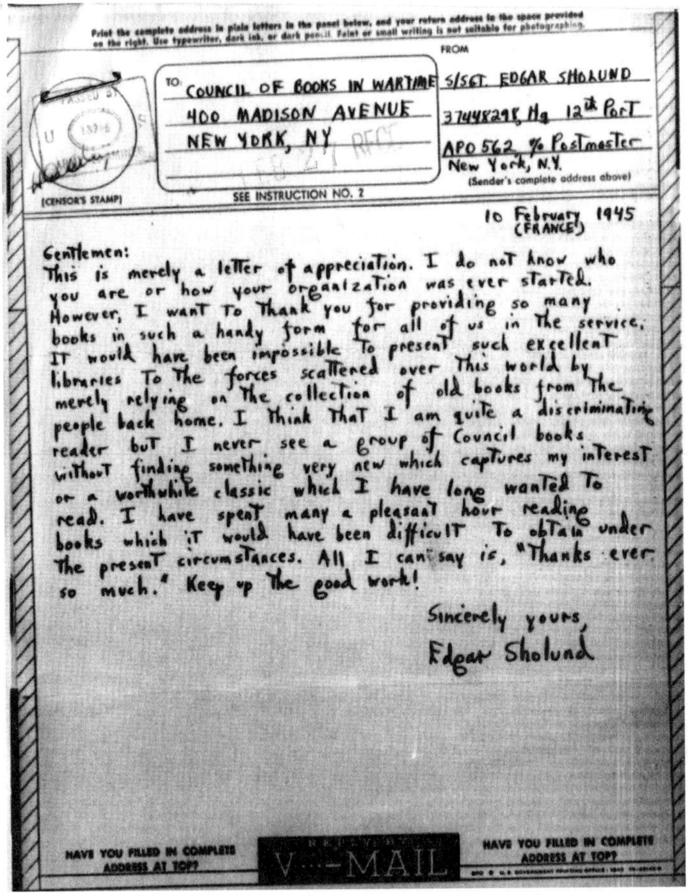

Print the complete address in plain letters in the panel below, and your return address in the space provided on the right. Use typewriter, dark ink, or dark pencil. Faint or small writing is not suitable for photographing.

TO: COUNCIL OF BOOKS IN WARTIME
400 MADISON AVENUE
NEW YORK, NY

FROM
S/SGT. EDGAR SHOLUND
37448298, Hq 12th Port
APO 562, % Postmaster
New York, N.Y.
(Sender's complete address above)

(CENSOR'S STAMP)　SEE INSTRUCTION NO. 2

10 February 1945
(FRANCE)

Gentlemen:
This is merely a letter of appreciation. I do not know who you are or how your organization was ever started. However, I want to thank you for providing so many books in such a handy form for all of us in the service. It would have been impossible to present such excellent libraries to the forces scattered over this world by merely relying on the collection of old books from the people back home. I think that I am quite a discriminating reader but I never see a group of Council books without finding something very new which captures my interest or a worthwhile classic which I have long wanted to read. I have spent many a pleasant hour reading books which it would have been difficult to obtain under the present circumstances. All I can say is, "Thanks ever so much." Keep up the good work!

Sincerely yours,
Edgar Sholund

HAVE YOU FILLED IN COMPLETE ADDRESS AT TOP?　V---MAIL　HAVE YOU FILLED IN COMPLETE ADDRESS AT TOP?

出版商和作者收到成堆寄自士兵的感謝信。戰士版書是最可靠的消遣方式；它們協助那個世代打完了戰爭。（圖片來源：1945, Council on Books in Wartime Records, Box 32, "Letters from Servicemen J–Z" folders, 20th Century Public Policy Records, Seeley G. Mudd Manuscript Library, Department of Rare Books and Special Collections, Princeton University Library.）

後記

今天，柏林的倍倍爾廣場上建有一紀念物，用來紀念發生在一九三三年的焚書行動。在一片鵝卵石中往下挖有洞穴式的空間，再覆以大塊透明玻璃；裡面架起一排排白色的空書架。參觀者可向下眺望並想像數千冊書籍因內載的思想觀念而在這個廣場遭到銷毀。可惜我們沒有見到美國也出現類似的紀念物，紀念曾被收集和特別印製出來參與這場思想戰爭，並抗議焚書的無數書籍。或許此刻你手邊的這本書就可以作為紀念物吧。

書裝載了這世上最強大的思想和觀念，但卻一直要到第二次世界大戰，這些知識寶庫才被拿來當作永難屈服的戰爭武器。在另一邊，《我的奮鬥》被拿來散布納粹意識型態和宣傳、憎恨和毀滅。在這裡，書籍則用來傳播面臨破壞的觀念、思考出維持和平的條件並建立共識。當希特勒發動全面戰爭，美國不僅以士兵和子彈打了回去，還以書反擊。雖然現代戰爭少不了新式武器——從飛機到原子彈——但經證實，書才是最難對付的武器。